基礎からわかる

はじめての短歌

上達のポイント

高田ほのか

はじめに

「短歌って楽しいですね」と微笑む短歌教室の生徒さん。ああ、伝わったんだ。短歌ってほんとうに楽しいもの。けれど、その〝楽しい〟を、短歌を知らないひとに伝えることがなかなか難しい。短歌には、いまだに「むつかしそう」「専門的なことばを知らないとつくれない」といったイメージがあるようです。しかし、実際にはそんなことはありません。どのくらい気軽かというと、わたしたちがふだん使っていることばを五・七・五・七・七のリズムに乗せたなら、それはもう短歌です、というくらい。

短歌のなかの主人公は〝自分〟です。普段は恥ずかしくてなかなか口にすることができない気持ちも、短歌のリズムに乗せることで自然に伝えられます。生きていると、つらいことも大変なこともたくさんあります。そのつらいことを、このリズムに乗せた瞬間、心がふっと軽くなることに気づくはずです。そして、ふだん会話しているときには気づかない日本語の豊かさが、かぎられた文字数と向き合うことで自然とわかるようになってきます。

この本には、〝楽しい〟のヒントをたくさんちりばめました。まずは、あなたが日々のなかで感じたことを短歌にしてみてください。楽しいと感じたことは、続けられます。いいえ、きっと続けずにはいられなくなります。

この本を読み終わったあと、「短歌って楽しいですよ」と隣りのひとに言いたくなっていたら、とても嬉しいです。

高田ほのか

基礎からわかる　はじめての短歌　上達のポイント

目次

第3章 短歌の作成 ～推敲のテクニック

第4章 短歌が楽しくなる習慣づくり

本書の使いかた

⑤例歌から学べるチェックポイントなどを解説しています。また、例歌の作者についてはプロフィールを掲載（初出のみ）しています。

③例歌について解説しています。

①このページで解説するテーマです。

②テーマに沿った短歌（例歌）を掲載しています。作者・出典の記載のない例歌は監修者（高田ほのか）の作品です。そのほかは作者と出典を記載しています。

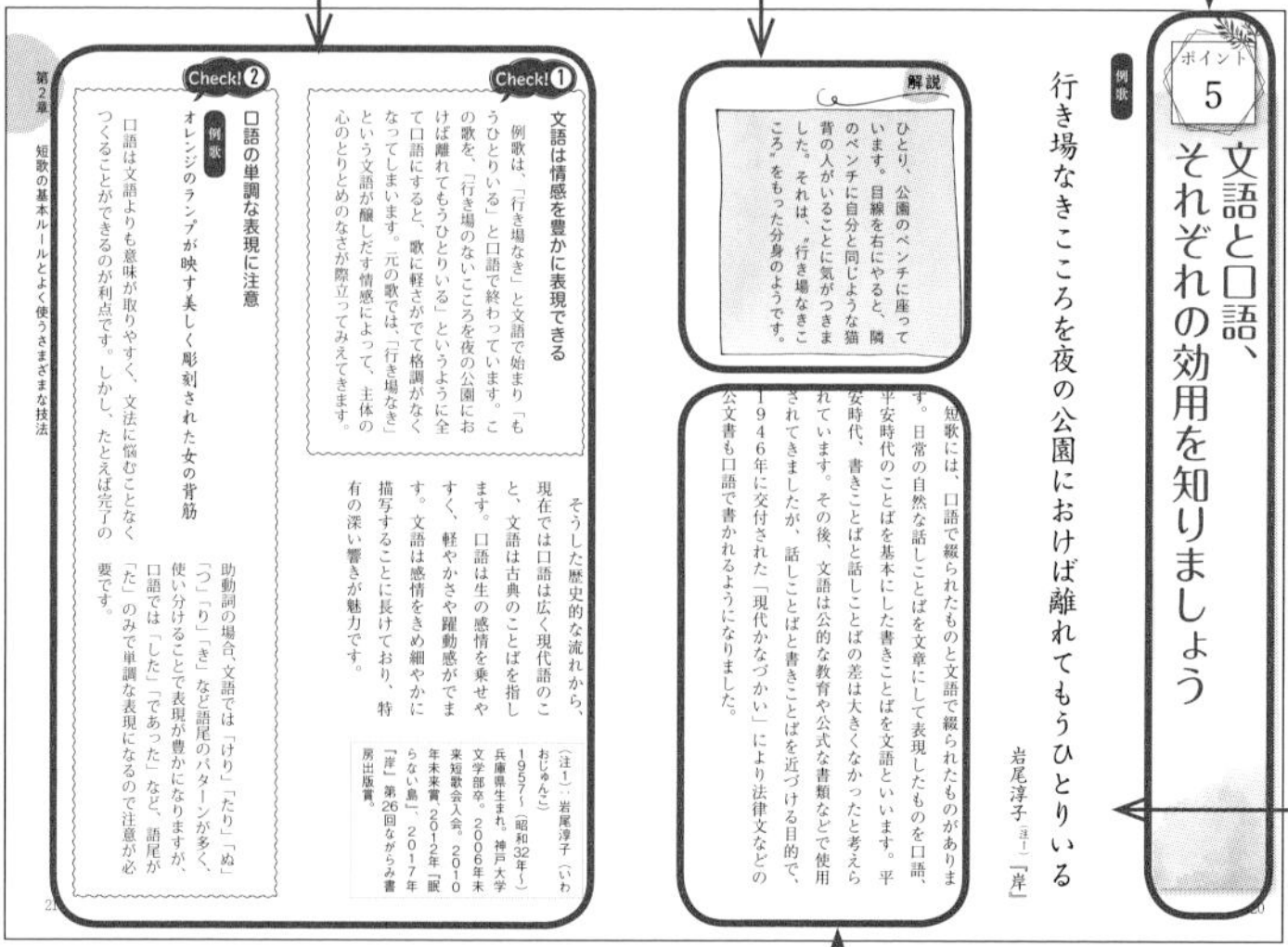

④テーマについて解説しています。

添削例がある場合

⑤添削後の歌を掲載しています。

②原作が詠まれた背景やそのときの気持ち、その歌の意味などを解説しています。

①添削を受ける前の原作を掲載しています。

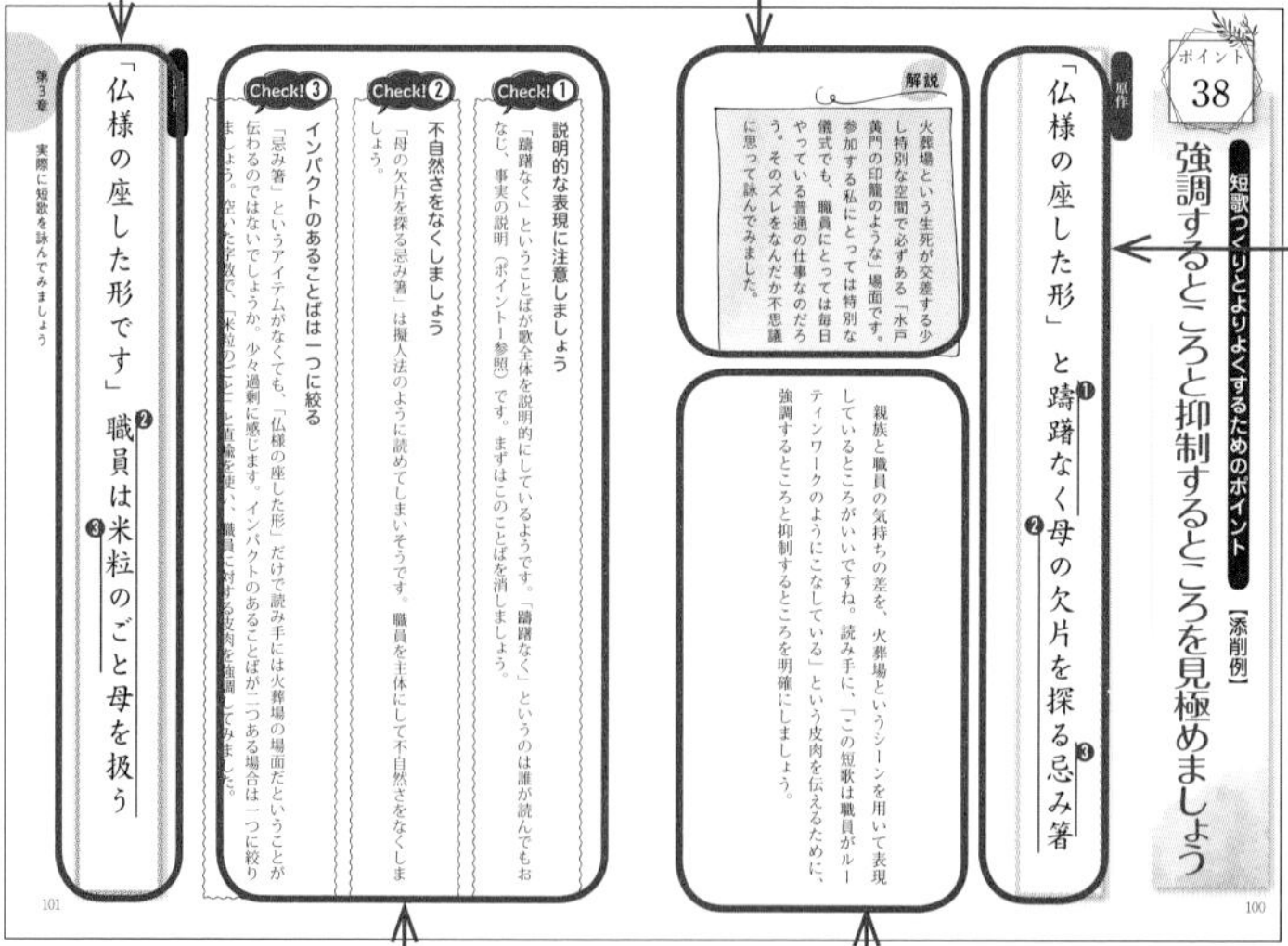

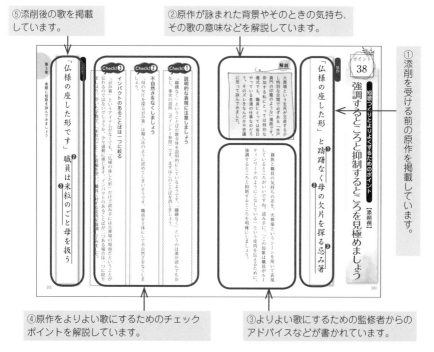

④原作をよりよい歌にするためのチェックポイントを解説しています。

③よりよい歌にするための監修者からのアドバイスなどが書かれています。

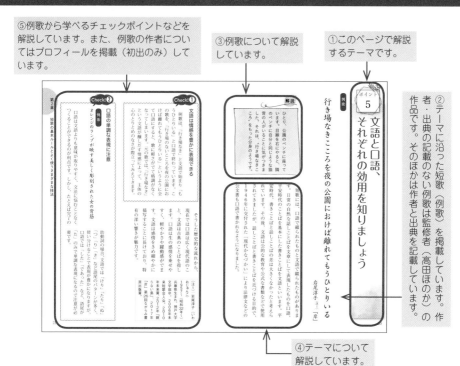

第1章

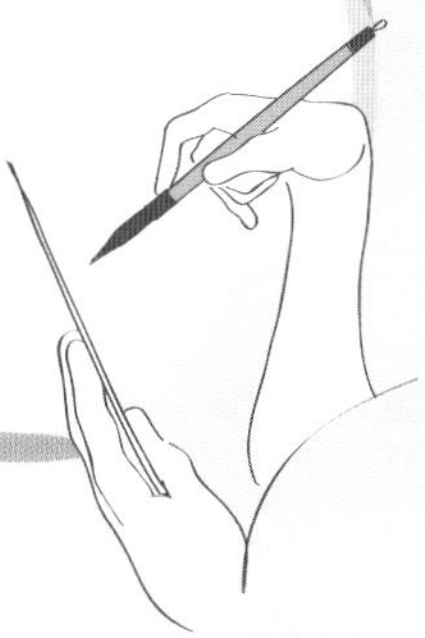

短歌の歴史とルール

本章では、短歌の歴史や基本となるルールなど、短歌とはなにかについて学びます。
短歌をつくる前にまずはその魅力を感じてみましょう。

ポイント1

短歌は心の「真実」を表現した詩です

例歌

逢える日に一番綺麗になれるよう逆算しながら今日爪を切る

解説

恋する気持ちを、〝爪〟というポイントに絞って描いています。爪を気にかけているということは、この女性は肌や唇もきっと気を遣っているのだろうなという、主人公像を想像したくなるような短歌です。

短歌は、自分が感じたこと（真実）を五・七・五・七・七の三十一音で表現する定型詩です。

せっかくなら、読み手の心に長く残る歌をつくりたいですよね。そのために有効な手立ての一つとして、事実を説明する（事実をダイレクトに書く）のではなく、真実を描写する（事実を間接的に伝える）という方法があります。この描写の技術を磨くことで、読み手の心に訴える歌をつくることができるようになるのです。本書でじっくり解説していきます。

☆ことばの意味を整理!

事実・・・客観的。実際にあったこと、誰が見ても同じこと
真実・・・主観的。心の中の嘘偽りのないこと、本当のこと

Check! 1

「真実」は一人ひとりの心のなかにある

添削前

一人ではホールケーキは大きすぎショートケーキを選んだ聖夜

事実は誰が見ても常に一つですが、真実は一人ひとりの心のなかに一つずつあるのです。誰が見てもおなじことをそのまま書いても読み手の心には残りません。

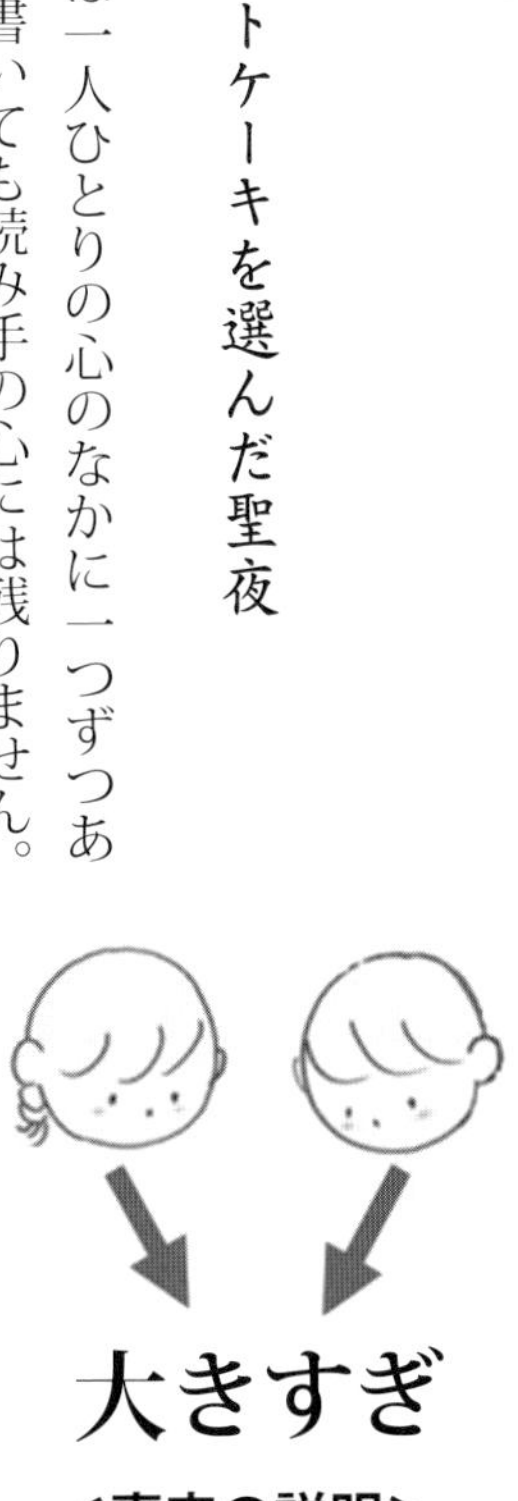

<事実の説明>

Check! 2

情景を描写して「真実」を伝える

添削後

サンタの載るホールケーキを見つめつつ「ショートケーキを一つください」

読み手一人ひとりが思い描く、その人にとっての本当のこと。その人の心に真実を描いてもらうために、情景を描写するということがポイントになります。

<真実の描写>

ポイント 2

短歌の歴史を知りましょう

短歌は、一三〇〇年を経た今日も多くの人々に親しまれています。短歌の歴史を、それぞれの時代の事柄を中心に見ていきましょう。

古代～奈良・平安時代～

現存する最古の歌集『万葉集』は、奈良時代に編纂《へんさん》されました。全二〇巻、約四五〇〇首からなる万葉集には、短歌のほかに長歌（注1）や旋頭歌《せどうか》（注2）も収められています。長歌、旋頭歌、短歌など日本の定型詩はすべて和歌といい、平安時代に入ると、短歌以外を詠う文化が廃れていったことから、和歌といえば自然と短歌を指すようになりました。『古今和歌集』は、平安時代前半の九〇五年に醍醐《だいご》天皇の勅命によって編纂された、わが国最初の勅撰和歌集です。全二〇巻で構成されており、九一三年ごろの成立とされています。平安時代の和歌は、主に貴族階級の人々のたしなみの一つとして詠まれていました。

中世〜鎌倉・室町時代〜

鎌倉時代には、後鳥羽上皇の勅命をうけた藤原定家らによって『新古今和歌集』が編纂されました。最終的な完成は一二一〇年以降だと考えられています。私たちに馴染みのある『小倉百人一首』も藤原定家によって編纂されました。そのほか、この時代には西行の私歌集である『山家集』、鎌倉幕府三代将軍・源実朝の私歌集である『金槐和歌集』などが誕生しました。室町時代には藤原為定が撰した『新千載和歌集』や、二条為明が主に撰した『新拾遺和歌集』など、さまざまな勅撰和歌集がつくられました。

近世〜江戸時代〜

江戸時代は、新たな和歌集の編纂などの目立った事績はありませんが、万葉集の研究が進み、万葉調歌人が多く輩出されました。特に国学者でもある賀茂真淵や村田春海、良寛などが有名です。一方で、この時代には狂体の和歌とされる狂歌《きょうか》が流行しました。狂歌とは、五・七・五・七・七の五句で構成された、社会風刺や皮肉、滑稽を盛りこんだ和歌のことです。

近代～明治・大正・昭和時代半ばまで～

佐佐木信綱（注3）、与謝野鉄幹（注4）、正岡子規（注5）らは、明治までのことば遊びや季節に代表される共通感覚を詠う形式的な和歌への批判を強め、短歌はわれを詠うものであり、そのわれはイコール作者であるという和歌革新運動を展開。旧来の世界観と決別するために、「和歌」を改め、「短歌」ということばを使うようになりました。そうした歌壇の世界で大きく活躍したのが「アララギ」（注6）という短歌結社誌で、有名な歌人を多く輩出しました。今日では明治より前の作品を和歌、明治維新以後の作品を短歌とするのが通史的な理解となっています。

現代～昭和時代・今日まで～

第二次世界大戦後、近代短歌がもっていた個人の実感を詠う作風は、個人の愚痴、日常の雑記のようなものが量産され、行き詰まりをみせていました。そのようななか、伝統批判を主とした「第二芸術論」（注7）が展開されます。第二芸術論の衝撃から立ち直ろうと、昭和二十年代後半に起こったのが「前衛短歌運動」（注8）です。前衛短歌は、あえての字余りや字足らず、句またがり、一字空けや記号を駆使し、空想や美意識に力点をおいた新風を模索しました。現代短歌と呼ぶのは戦後からか、前衛短歌が台頭するころからかは意見がわかれますが、一般的には第二次世界大戦後の１９４５年以降を現代短歌の時代区分と捉えています。

（注1）長歌
和歌の一形式。五・七／五・七／五・七と三回以上五・七をくり返し、最後を五・七・七で結ぶ。

（注2）旋頭歌
和歌の一形式。五・七・七・五・七・七の六句を定型とする。上三句と下三句とで詠み手の立場が異なる歌が多い。

（注3）佐佐木信綱《ささきのぶつな》
1872〜1963（明治5〜昭和38）
歌人、国文学者。三重県にて国学者の佐佐木弘綱の長男として生まれる。短歌革新運動の一翼を担い、竹柏会《ちくはくかい》を組織。1898年に短歌結社誌『心の花』を創刊・主宰し、多くの歌人を育成。万葉集の研究や和歌の史的研究などの業績を残す。

（注4）与謝野鉄幹《よさのてっかん》
1873〜1935（明治6〜昭和10）
歌人、詩人。京都府にて生まれる。本名は寛《ひろし》。1892年上京し、落合直文に師事。落合が93年に結成して主催した短歌結社「浅香社」に参加。94年、歌論「亡国の音」を発表し、和歌の革新を唱える。99年に東京新詩社を創立し、1900年に詩歌を中心とする機関誌『明星』を創刊。妻・与謝野晶子《あきこ》とともに浪漫主義文学運動を推進した。

（注5）正岡子規《まさおかしき》
1867〜1902（慶応3〜明治35）
俳人、歌人。愛媛県に生まれる。1898年に和歌の革新に乗りだし、『歌よみに与ふる書』を発表。因習にとらわれ、旧態依然とした旧派の歌人を攻撃し、『百中十首』（1898）をもって、短歌に破天荒で斬新な手法をもたらした。

（注6）『アララギ』
日本の短歌結社誌。1903年に伊藤左千夫をはじめとした正岡子規門下の歌人らが集まった根岸短歌会の機関誌『馬酔木』を源流とし、1908年に左千夫や蕨真一郎を中心に『阿羅々木』として創刊。翌年、島木赤彦が創刊した『比牟呂』と合併し、『アララギ』と改題された。

（注7）第二芸術論
1946年に発売された『第二芸術』（桑原武夫著）における現代俳句批判に端を発した論争。短歌も含めた短詩型文学は、小説や戯曲に比べて質の落ちる「第二芸術」であるとした短詩型文学否定論の総称。

（注8）前衛短歌運動
一九五〇〜六〇年代に興隆した短歌の文学運動。旧来の短歌への批評精神を基に、韻律や比喩に変化を加えた。塚本邦雄を中心に寺山修司や岡井隆などが先駆者として活躍。前衛短歌運動が契機となり、他の芸術分野にも大きな影響を与えた。

ポイント 3

音数の数え方を知りましょう

短歌は文字数でなく、読み上げたときの音数（音の長さ）で数えます。

例歌1（撥音）

柔らかく私を呼んだあの夜の私となにが変わったのかな

▼呼／ん／だ ↓ よ・ん・だ（三音）

例歌2（長音・促音）

手をやればすうと入る割れ目ありロングスカートのこれはポケット

▼ス／カ／ー／ト ↓ す・か・あ・と（四音）
▼ポ／ケ／ッ／ト ↓ ぽ・け・っ・と（四音）

例歌3（拗音）

新ちゃんが花にキスした今月号ふるえていたら電話が鳴った

▼新／ちゃ／ん ↓ し・ん・ちゃ・ん（四音）

例歌4（英単語・英文）

よかったね、よかったよねって受話器もちI LOVE HERで繋がるふたり

▼I LOVE HER
↓「あ・い・ら・ぶ・は・あ」（六音）

例歌5（アルファベット）

カラフルなABCDEFGこの胸にふわり憩うはどちらの天使？

▼A・B・C・D・E・F・G↓「えー・びー・しー・でぃー・いー・えふ・じー」（十四音）

例歌6（ローマ字・英文字の略語）

いつもより星の少ない冬の夜にちっちゃいTSUTAYAで借りるSF

▼TSUTAYA ↓「つ・た・や」（三音）
▼SF↓「え・す・え・ふ」（四音）

種類	詠み方の例
1 撥音（はつおん）	「ん」で表記する音。「はねる音」ともいう。一音に数える。 【例】漫画↓「ま・ん・が」（三音）／暗号↓「あ・ん・ご・う」（四音）／輪転機↓「り・ん・て・ん・き」（五音）
2 促音（そくおん）	「っ」で表記する音。「つまる音」ともいう。一音に数える。 【例】ホッケ↓「ほ・っ・け」（三音）／ごっこ↓「ご・っ・こ」（三音）／ストラップ↓「す・と・ら・っ・ぷ」（五音）
3 長音（ちょうおん）	長く伸ばす音で母音（あいうえお）になる。一音に数える。 【例】フリー↓「ふ・り・い」（三音）／ケーキ↓「け・え・き」（三音）／テレホンカード↓「て・れ・ほ・ん・か・あ・ど」（七音）
4 拗音（ようおん）	「ゃ」「ゅ」「ょ」「ぁ」「ぃ」「ぅ」「ぇ」「ぉ」で表記する。前に付く文字と合わせて一音になる。 【例】チャイム↓「ちゃ・い・む」（三音）／フィクション↓「ふぃ・く・しょ・ん」（四音）／解読しなきゃ↓「か・い・ど・く・し・な・きゃ」（七音）
5・6 英単語・英文・アルファベット・ローマ字	読み上げるときの、音の長さで数えます。 【例】I LOVE HER↓「あ・い・ら・ぶ・は・あ」（六音） TSUTAYA↓「つ・た・や」（三音） A↓「ア」と読ませるのなら一音、「エー」と読ませるのであれば二音
7 記号	?・!・……・〃・「」・() などは基本的には音数に数えない。 ＋－＝∞♡☆♪などは音数に数える場合と、数えない場合がある。

ポイント 4

句切れを知りましょう

例歌

初句 しんにょうを／二句 スルリと描く／三句 祖父の手よ／四句 歩んできた道／結句 ぼくに聞かせて

解説

三句の「祖父の手よ」に句切れを入れ、手に焦点を当てて呼びかけています。しんにょうの独特のフォルムが祖父の紆余曲折の人生を暗喩し、しんにょうをスルリと描く手が、それを乗り越えてきた逞しさを表しています。

「句切れ」とは、意味や調子のうえで切れ目になるところのことです。句切れをいれることにより、歌全体の印象を変化させることができます。また、句切れのあとに続く句の意味をとりやすく、歌のイメージをより鮮明に伝えることができます。

また、句切れのない歌や、一首のなかに複数の句切れがある歌もあります。

Check! 1

短歌の基本構成を覚えましょう

最初の五音で句切れるものを「初句切れ」、五・七で切れるものを「二句切れ」、五・七・五で切れるものを「三句切れ」、五・七・五・七で切れるものを「四句切れ」と呼びます。

例歌は三句切れの短歌です。

Check! 2

句切れがない歌

例歌

次の方どうぞと呼ばれている夢に僕がいなくて立ち上がれない

句切れを入れないことで、夢から醒めることのできない感覚を表現しています。初句から結句までずっと苦しいのです。

Check! 3

一首に複数の句切れがある歌

例歌

深呼吸してみましょうよラコリーナ過ぎゆくかぜに春の字を足す

読み進むごとに心がほぐれていくような一首。二句、三句に句切れがあります。せわしく働く私に、春がやさしく話しかけてきてくれたのです。一首に複数の句切れがある歌をつくるにはテクニックが必要ですが、作歌に慣れてきたらぜひチャレンジしてみてください。

ポイント 5

文語と口語、それぞれの効用を知りましょう

例歌

行き場なきこころを夜の公園におけば離れてもうひとりいる

岩尾淳子（注1）『岸』

短歌には、口語で綴られたものと文語で綴られたものがあります。日常の自然な話しことばを文章にして表現したものを口語、平安時代のことばを基本にした書きことばを文語といいます。平安時代、書きことばと話しことばの差は大きくなかったと考えられています。その後、文語は公的な教育や公式な書類などで使用されてきましたが、話しことばと書きことばを近づける目的で、1946年に交付された「現代かなづかい」により法律文などの公文書も口語で書かれるようになりました。

解説

ひとり、公園のベンチに座っています。目線を右にやると、隣のベンチに自分と同じような猫背の人がいることに気がつきました。それは、〝行き場なきこころ〟をもった分身のようです。

そうした歴史的な流れから、現在では口語は広く現代語のこと、文語は古典のことばを指します。口語は生の感情を乗せやすく、軽やかさや躍動感がでます。文語は感情をきめ細やかに描写することに長けており、特有の深い響きが魅力です。

（注1）：岩尾淳子（いわおじゅんこ）
1957〜（昭和32年〜）兵庫県生まれ。神戸大学文学部卒。2006年未来短歌会入会。2010年未来賞、2012年『眠らない島』、2017年『岸』第26回ながらみ書房出版賞。

Check! 1

文語は情感を豊かに表現できる

例歌は、「行き場なき」と文語で始まり「もうひとりいる」と口語で終わっています。この歌を、「行き場のないこころを夜の公園におけば離れてもうひとりいる」というように全て口語にすると、歌に軽さがでて格調がなくなってしまいます。元の歌では、「行き場なき」という文語が醸しだす情感によって、主体の心のとりとめのなさが際立ってみえてきます。

Check! 2

口語の単調な表現に注意

例歌

オレンジのランプが映す美しく彫刻された女の背筋

口語は文語よりも意味が取りやすく、文法に悩むことなくつくることができるのが利点です。しかし、たとえば完了の助動詞の場合、文語では「けり」「たり」「ぬ」「つ」「り」「き」など語尾のパターンが多く、使い分けることで表現が豊かになりますが、口語では「した」「であった」など、語尾が「た」のみで単調な表現になるので注意が必要です。

ポイント6

新かなづかいと旧かなづかいの違いを知りましょう

例歌

ぼくたちは勝手に育ったさ制服にセメントの粉すりつけながら

加藤治郎（注1）『サニー・サイド・アップ』

短歌には、旧かなづかいと新かなづかいという二つの表記があります。旧かなづかい（歴史的かなづかい）とは、主に平安中期以前の万葉仮名に基準をおいたかなづかいのことです。新かなづかい（現代かなづかい）とは、旧かなづかいを現代語の発音に近づけて改定したもので、現代語をかなで書き表すときに使います。短歌は、耳で聴く楽しみと目で読む楽しみという二通りの味わいかたがありますが、近年は視覚的な味わいを愉しむ機会が多くなっています。かなづかいは見た目の印象を左右します。多くの秀歌を読み、自分でも詠むなかで、表現したい想いに添ってくれる表記を選ぶとよいでしょう。また、表

新かなづかいと旧かなづかいの例

新かなづかい	旧かなづかい
青／あお	青／あを
上／うえ	上／うへ
植える／うえる	植ゑる／うゑる
えくぼ	ゑくぼ
拝む／おがむ	拝む／をがむ
教える／おしえる	教へる／おしへる
買う／かう	買ふ／かふ
川／かわ	川／かは
香ばしい／こうばしい	香ばしい／かうばしい
蝶々／ちょうちょう	蝶々／てふてふ
匂い／におい	匂ひ／にほひ
恥じ／はじ	恥ぢ／はぢ
水／みず	水／みづ
柔らか／やわらか	柔らか／やはらか

記は必ず統一し、悩んだときは国語辞典を引いて確かめましょう。具体的にどのような違いがあるかは、表の「新かなづかいと旧かなづかいの例」を参考にしてください。

Check! 1

新かなづかいは現代的な雰囲気に

例歌のように、新かなづかいは日常的に使う、普段の生活になじんだ表記といえます。新かなづかいで書かれた短歌はシャープで軽やかな印象を与えます。実感のある、現代的な雰囲気の歌とよく合います。

Check! 2

旧かなづかいは優美で古典的な雰囲気に

例歌

ひるすぎてなほ下《した》つゆの乾《かわ》かざる落葉の中《なか》のりんだうの花

土屋文明（注2）『ふゆくさ』

旧かなづかいは意味を腑に落とすのに微妙に時間がかかります。そのわずかな時間が歌の厚みとなり、奥行きのある空気感を醸しだします。優美で、古典的な趣きのある歌と相性がよいといえます。

（注1）：加藤治郎（かとうじろう）1959〜（昭和34〜）歌人。名古屋市生まれ。早稲田大学教育学卒。1983年未来短歌会に入会し、岡井隆に師事。2003年より未来短歌会選者。アララギから前衛短歌への流れを継承しつつ、口語短歌の改革者として意欲的な試みに取り組む。歌集に『サニー・サイド・アップ』（現代歌人協会賞）、『昏睡のパラダイス』（寺山修司短歌賞）、『しんきろう』（中日短歌大賞）など。ニューウェーブの旗手として若手歌人のプロデューサー的な役割も担う。

（注2）：土屋文明（つちやぶんめい）1890〜1990（明治23〜平成2）歌人。群馬県生まれ。一高在学中に『アララギ』同人となる。1930年、斎藤茂吉にかわり『アララギ』の編集発行人となる。法政大学や明治大学の教授を務める。1986年に文化勲章受章。歌集に『ふゆくさ』『山谷《さんこく》集』『山下水《やましたみず》』、著作に『万葉集私注』など。

コラム1

短歌・俳句・川柳の違いとは

短歌・俳句・川柳には短詩形文学として共通点がありますが、違いも多くあります。
それぞれの共通点と相違点を表にまとめてみました。
基本知識として、それぞれの違いを知っておきましょう。

短歌・俳句・川柳の違い

	短歌	俳句	川柳
発祥	奈良時代	江戸時代	江戸時代
音数	五・七・五・七・七	五・七・五	五・七・五
数え方	一首、二首と、「首」で数える	一句、二句と、「句」で数える	一句、二句と、「句」で数える
季語の有無	不要	必須	不要
作品のモチーフ(※)	日常のなかで感じたこと	自然や暮らしの風景	人間模様や社会風刺
使う言葉	現代仮名遣い・口語体と、歴史的仮名遣い・文語体どちらも一般的	現代仮名遣い・口語体も使われるが、歴史的仮名遣い・文語体が主流	現代仮名遣い・口語体が主流
表現の特徴	心情や思索を詠む	季語を柱として、風景や物事を詠む	風刺、こっけい、軽みを詠む
意識の方向性	内面へ向く 主観的	外側へ向く 客観的	内面へ向く 主観的

※モチーフとは、表現の動機・きっかけとなった、中心的な思想・思い

第2章

短歌をつくるコツ

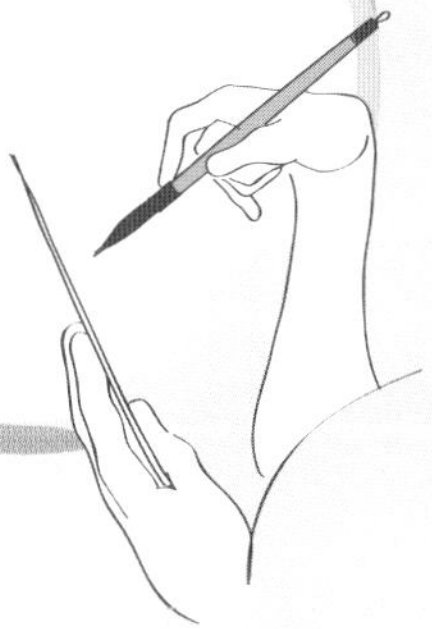

本章では、短歌の伝統的な表現技法や、身近な短歌のタネ探しに役立つちょっとしたコツをご紹介します。短歌をつくるうえで大切なことを学びましょう。

ポイント 7

焦点を一点に絞りましょう

添削前

逆光の向こうに満ちるバラの園　橋を見守る獅子がため息

解説

普段ひと気のない中之島公園もバラの季節は人がいっぱい。沢山のバラは美しく咲き、人は眩しい太陽の下で賑やかに写真を撮っています。私もスマホ片手に都会のバラ園を満喫しました。こんなに賑やかだと、中之島に背を向けている難波橋のライオンも気になって振り向きたくなるのではないかしら…いいお天気で太陽が眩しい。バラの季節の賑わい、眩しさ、幸せ気分を短歌にしたくなり、つくった一首です。

短歌は短いので、一首のなかにあれもいれたい、これもいれようと頑張ると焦点がぶれてしまいます。

焦点を一つに決めて、そこをもう少し掘り下げてるくらいにとどめることが作品を活かすポイントです。フォーカスを絞り、五・七・五・七・七の定型に盛るほどよい量を覚えていきましょう。

Check! 1

一首に二首分の要素が詰まっていないか

上の句は、中之島公園にバラが咲き乱れている様子。下の句は、橋を見守っている獅子像がバラ園を見てため息をついている様子。この短歌には、一首に二首分の要素がきちきちに詰まっているように感じます。上の句に焦点を絞る場合、バラそのものの香りや、バラに太陽が降り注ぐさま、または、バラ園で感じた想いを描いてみましょう。

Check! 2

具体物に想いを託す

感じた想い。ここでは、「眩しさ、幸せ気分」を伝えるために、解説にある〝スマホ〟という具体物に想いを託しました。伝えたいことの中心が映えるような描写をプラスすると、作品がいきいきしてきます。

添削後

逆光の向こうに満ちるバラ園を原寸大でスマホにしまう

ポイント8

字余り・字足らずを効果的に使いましょう

例1【字余り】

この春に／花を揺らして／楡の木は／ティラノサウルスの（八音）／背丈に叶う

例2【字足らず・字余り】

手をやれば／すぅと入る（六音）／割れ目あり／ロングスカートの（八音）／これはポケット

例1 解説

ティラノサウルスという語感の響きが、しなやかに成長する楡の木と響き合っています。ティラノサウルスの背の高さを字余りで表現し、楡の木の眩しさをにじませました。

例2 解説

三句切れで何の割れ目かという謎を提示し、下の句を読んでいくと次第に全容が見えてくるという構成になっています。三句の「割れ目あり」は割れ目に気づいたときの感触。それを字足らずで表現しています。

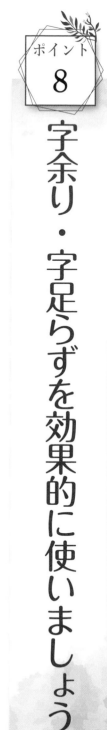

五・七・五・七・七の定型で詠むというのが短歌の基本ですが、つねに定型ぴったりでなければいけない、というわけではありません。定型より音数の多いものを「字余り」、少ないものを「字足らず」と呼びます。定型はできるだけ守ったほうがよいですが、このことばをどうしても使いたいという場合や、この想いを表現するにはこのリズムのほうがしっくりくるという場合は字余りや字足らずを取りいれてみましょう。定型は守るという基本姿勢が大切ですが、字余りや字足らずを効果的に使うことにより短歌の魅力が増すこともあります。

Check! 1

声にだしてリズムをチェック

リズムをチェックする際は、実際に声にだしてみましょう。例1は、四句目が八音の字余りです。声に乗せてみるとリズムの乱れをあまり感じません。無意識のうちに、字余りの部分を速く読み、定型のリズムに合わせているのです。

Check! 2

字足らずに、より注意

字足らずは呼吸を足して読まなければならない分、字余りよりも使いこなすのがむつかしいといえるでしょう。字足らずは欠落感が特殊な効果を生みますが、使うときは字余りよりも、より注意して使う必要があります。

ポイント
9 句またがりを知りましょう

例歌

令和二年五月（注1）

あちらからしたらこちらがウイルス息を止めあい目で微笑《わら》いあう

「句またがり」とは、ひとつの句のなかにことばがおさまらず、次の句へまたがって続くことをいいます。短歌に独特のリズムを生む技法として、イメージの変化や広がりを演出することができます。

解説

コロナ禍の日常を詠った一首。ご近所さん同士でしょうか。本音と建前が交錯します。歌のなかにマスクというワードが入っていないからこそ、読み手の脳裏にマスクが鮮明に浮かんできます。

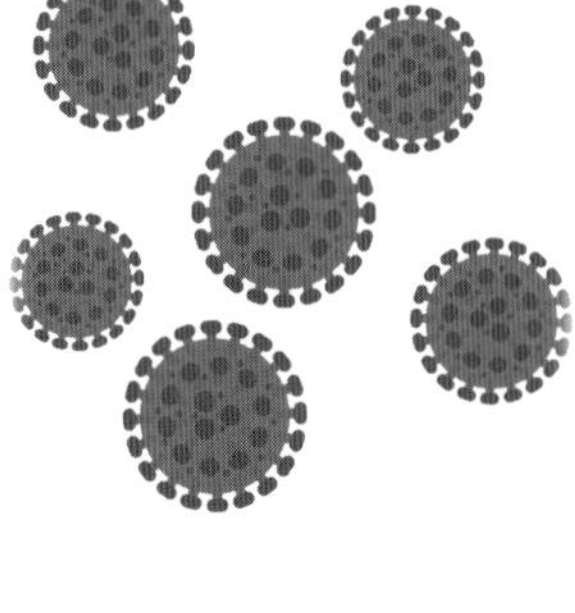

Check! 1

独特のリズムを生みだす

例歌では「あちらから／したらこちらがウイルス」の、初句から二句にかけて句またがりがあります。相手と自分はおなじ人間であるはずなのに、そのあいだに存在するウイルスという目に見えないものによって、自分でも気がつかない心理的、また物理的な隔たりが生じる。あちら側とこちら側のあいだに流れる微妙な空気感を、独特のリズムで表現しています。あちら側はこちら側、鏡の関係にあるのです。

（注１）詞書《ことばがき》　和歌に添える前書きのこと。和歌をつくった日時や場所、成立事情や動機などを述べる。

Check! 2

印象的な言い回しの効果

例歌

逆立ちをしたチャイニーズシューズにはビーズ刺繍のまっ赤な花火

「逆立ちを／したチャイニーズ／シューズには」と、初句から二句、二句から三句が句またがりになっています。しゅるしゅると打ち上げられた花火の上へ向かうイメージが、〝逆立ち〟という印象的な言い回しによって効果的に演出されています。また、「チャイニーズシューズ」、「ビーズ」のなかの三つの長音にも、聴覚と視覚の両方から打ち上げ花火のイメージを託しています。

ポイント 10

取り合わせをうまく使いましょう

例歌

それはスキップの直前みたいなくちづけで回れまわれよメリーゴーランド

一首のなかに、関係性がないようにみえる二つの要素を詠みこむことを「取り合わせ」、そして、その二つの要素が互いに響き合い、生まれる効果のことを「二物衝撃」といいます。取り合わせには似たイメージのものではなく、適度に想像の幅があるものを選びましょう。読み手の想像力を掻きたてる、豊かな作品になります。

解説

感情が溢れだすイメージで、あなたとわたしを交差させています。胸の高鳴る「くちづけ」をスキップの直前のテンションに喩えて、わたしの気分はもうあなたの虜です。（いまが永遠に終わりませんように）とメリーゴーランドを回すのです。

Check! 1

〝静〟と〝動〟

例歌では、一首のなかに「くちづけ」と「メリーゴーランド」というイメージの異なる二つのことばが詠みこまれています。くちづけという〝静〟の上の句を受け、メリーゴーランドの〝動〟の下の句へと展開しています。この、静と動という二つの要素が、いまの二人の関係とこれから動きだす恋愛を想起させています。

Check! 2

「つきすぎ」や「はなれすぎ」に注意する

例歌 ロッカーでよくすれ違う小花柄スカートひらりと新卒の女子

意外性のない似たことばの組み合わせを「つきすぎ」、突拍子すぎることばの組み合わせを「はなれすぎ」といいます。この歌での取り合わせは、「小花柄」と「新卒の女子」です。二つのことばにほどよい距離があり、組み合わせの妙がポエジーを高めています。これが、たとえば「下ろし立て」と「新卒の女子」だと「つきすぎ」、その逆に「小花柄」と「お局」では意外な組み合わせ、つまり、「はなれすぎ」になります。ちなみに「小花柄」は、着ている服のデザインにもよるため、あくまでイメージとしてですが、かわいらしさ、あどけなさ、弱々しさを感じさせます。職場の重鎮・お局のイメージとははなれていると感じます。ことば選びの際は、「つきすぎ」や「はなれすぎ」に注意しましょう。

ポイント11

リフレインの効用を知りましょう

例歌

すいてきの跡が散らばる洗面の鏡にきょうの水滴が飛ぶ

特定のことばや音を繰り返す技法のことを「リフレイン」といいます。リフレインには、繰り返すことばを強調したり、また、同じ音を繰り返すことで歌に抑揚が生まれるという効果がありま す。

繰り返すその響きは読み手を歌の世界へいざない、記憶に深く刻まれます。

解説

リフレインされる〝水滴〟から、つまらない地続きの日常を感じます。作者の私生活を三十一音から垣間見てしまったような気になってくるから不思議です。

Check! 1

声にだしてみる

歌にリフレインを取りいれるコツとして、実際に声にだしてみることをおすすめします。音読することにより、リズムを体で感じることができます。

Check! 2

情景が鮮明に浮かびあがる

例歌では、「すいてき」と「水滴」がリフレインになっています。同じことばを繰り返すことで、その場の情景が鮮明に浮かびあがってきます。

Check! 3

表記を変えて時間の経過を表す

例歌では、「水滴」に、ひらがなと漢字という二種類の表記が使われています。視覚的な変化から、過去と現在という時間を表現しています。

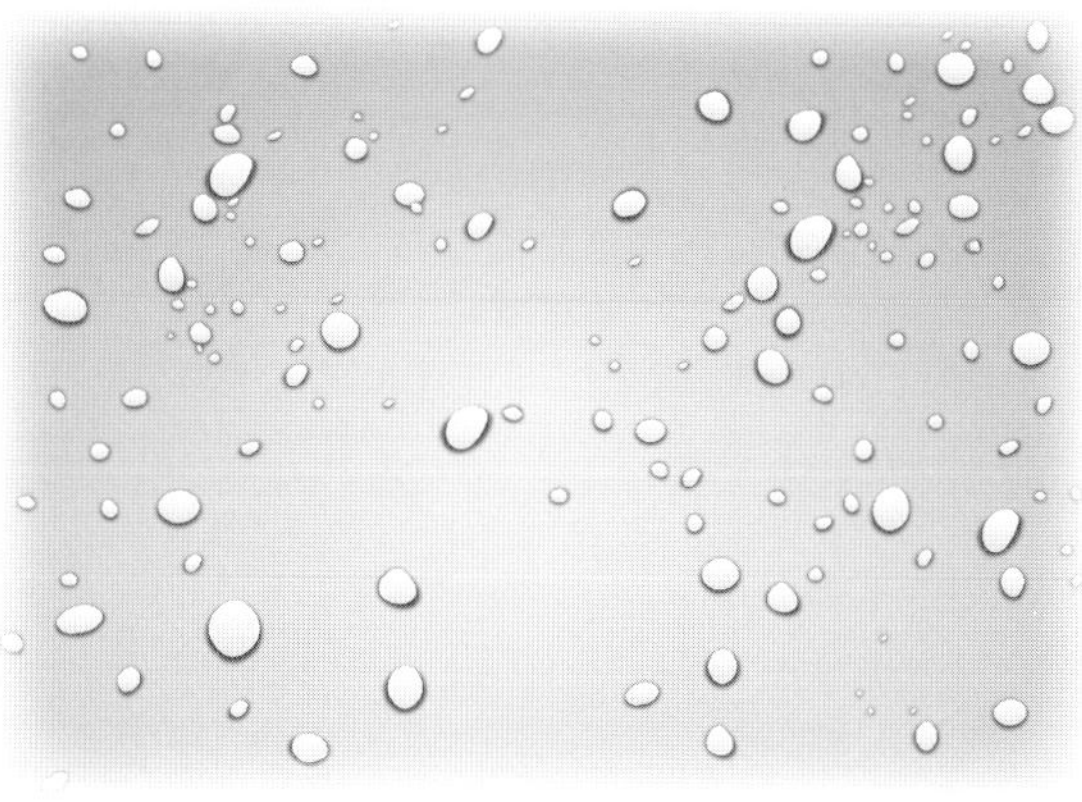

ポイント
12
対句の表現を知りましょう

例歌

昇るのか傾くのかもわからずに蛇口に映る月ののっぺり

解説

万葉の時代より、ひとは儚さや心細さ、せつない恋心を月に託して詠んできました。そんな美しい月のイメージが崩壊した一首です。月がのっぺり見えるのはどんなときか。主体の心理がさまざまに想像されます。

「対句」とは、「深い海」「高い山」など、二つ以上の語句をおなじ組み立てで並べて表現する技法のことです。この技法は、対になることばの両方を引き立たせて印象づけると同時に、耳に残るリズムを生みだす効果があります。

Check! 1

イメージをふくらませる

「昇るのか」と「傾くのか」が対句になっており、からだに刻印されるようなリズムをつくっています。歌に詠まれている月を、イメージをふくらませて読むことができます。

Check! 2

リフレインを兼ねる

例歌

目を合わせ目を逸らせては笑いあう
ホッケの開きつつき合いつつ

「目を合わせ」と「目を逸らせ」が対句になっており、かつ「目を」が二回繰り返されています。韻を踏んで耳に残る印象を強めています。〝ホッケの開き〟という中身をさらけ出したものを、さぐり合い状態の男女がつつき合う。なんともユーモラスな場面です。

Check! 2

鮮烈なイメージを与える

例歌

白鳥はかなしからずや空の青海のあをにも染まずただよふ

《若山牧水（注1）『海の声』『別離』》

白鳥は哀しくないのだろうか。空の青色にも海の青色にも染まらずに真っ白な羽を広げて飛んでいる

「空の青」と「海のあを」が対句になっており、互いに印象を際立たせています。また、異なる青色をリフレインで並べることにより、二つの青のイメージが読み手のまぶたの裏に鮮やかに広がります。

（注1）：若山 牧水（わかやま ぼくすい）1885～1928（明治18～昭和3）宮崎県生まれ。早稲田大学英文科卒。中学時代から歌や文章を諸雑誌などに投稿。上京後は尾上《おのえ》柴舟《さいしゅう》に師事。歌集に『海の声』『別離』『死か芸術か』『山桜の歌』など。自然主義歌人として前田夕暮とともに一時代を築いた。酒と旅の生活で知られる。

ポイント 13

表記に工夫を凝らしましょう

漢字表記のコツ

例歌

種のない葡萄を並んで食べた夜　ふつうにいうからききのがしそう

解説

漢字の多い上の句と、ひらがなで書かれた下の句が対照的な一首です。何を言われたのかが書かれていないことで、読み手のなかにさまざまな想像がふくらんできます。

表記の違いで印象が変わる

目で味わう場面の多い現代短歌は、見た目の印象に重きがおかれる傾向にあります。例歌の「葡萄」のように、漢字、ひらがな、カタカナと三通りの表記がある場合、どのような印象を与えたいかを考えて表記を検討しましょう。

それぞれの表記の特徴を活かすことで、歌の表現が広がっていきます。

Check! 1

意味がストレートに入ってくる

漢字は表意文字なので、ことばの意味がストレートに入ってくるという特徴があります。また、漢字は、直線が多いので硬い印象を与えます。

Check! 2

重々しさや繊細さを演出

「憂鬱《ゆううつ》」、「檸檬《レモン》」、「鳳凰《ほうおう》」、「逆鱗《げきりん》」など、一般的に画数が多い漢字は、重々しさや繊細さが感じられます。歌のなかでそうした効果を狙うのであれば、ひらがなやカタカナではなく漢字で表記しましょう。

Check! 3

ルビをふる場合

「忍冬（スイカズラ）」、「翡翠（カワセミ）」、「醴（あまざけ）」など、一般の人が読みにくい漢字や特殊な読み方をする場合はルビをふることをおすすめします。

漢字・ひらがな・カタカナ表記例

苺	いちご	イチゴ
林檎	りんご	リンゴ
眼鏡	めがね	メガネ
牡丹	ぼたん	ボタン
鶯	うぐいす	ウグイス

ひらがな表記のコツ

例歌

突然にながくなりたる祖母の名に生きた証の一字を探す

解説

心がついていっていない呆然とした上の句から、必死で探す下の句へと、突然の出来事に対する反応を「静」から「動」でみせています。二句の「ながくなりたる」は、ひらがなにひらくことで間延びした雰囲気をだしました。

Check! 1

意味がゆっくり入ってくる

ひらがなは表音文字なので、一つひとつの文字は音を表すだけで意味をもちません。ことばの意味がゆっくり入ってくるのがひらがなの特徴です。

Check! 2

やわらかなイメージを与える

例歌

いまだけはむつかしいことといわないでぜんぶひらがなではなしをしよう?

直線が多く硬いイメージの漢字に比べ、丸みをおびたひらがなはやわらかなイメージを与えます。ひらがなと漢字のどちらにするかに迷ったときは、それぞれの特徴を踏まえたうえで選択しましょう。漢字で書いた短歌、ひらがなで書いた短歌を並べてみて、しっくりくるほうを選ぶといいでしょう。

Check! 3

視覚的な演出

例歌

抱えると重みがふふふふふくらますふろくを包みふくらむりぼん（注1）

一首におなじ文字を連続させたり、多用することで視覚的に遊ばせることができます（漢字、カタカナも同様）。また、特徴的な韻律は聴覚も刺激します。

（注1）少女漫画雑誌『りぼん』（集英社発行）のこと。

カタカナ表記のコツ

例歌

（キノウヨリチカヅキタケレバクチビルヲ5ミリアケヨ）と外のカラスが

解説

カラスのことば（と主体が感じている）をカタカナにして、主体がカラスから指令を受けているイメージを表しています。放課後の教室。大判の薄いカーテンが揺れ、その隙間からみえたカラス。黒いくちばしから発された指示は、功を奏したのでしょうか。

Check! 1

無機質な印象を与える

カタカナは無機質でカタコトな印象を与えます。あえて表記することで、例歌のように特異な印象を与えられます。

Check! 2

外来語はカタカナで表記するのが一般的

例歌

ステエジの人生ならば俳優のしぐさといひて慰むべきに

筱井嘉一『荒栲《あらたへ》』

初句の「ステエジ（ステージ）」は外来語です。外来語は、もともと外国のことばが日本に根付いたもので、代表例としてカルタやカステラ、タバコ（ポルトガル語）、ラジオやストライキ（英語）、ガラスやアルコール（オランダ語）などはすべて外来語です。

Check! 3

動物、昆虫、植物などの動植物の種名（和名）の表記

例歌

「かわいくて抜けないのよね」ゆびさきでナガミヒナゲシつんつんとする

ナガミヒナゲシ然り、ヘビ、コガネムシ、サボテンなど、一般的にカタカナで表記する動植物の表記にはカタカナが多く使われます。例歌では、自然と花壇に生えてきたナガミヒナゲシをカタカナ表記することで、あえて無機質さをだしつつも、なぜか愛着がわいてしまう様子がうかがえます。

記号、マークなどの表記のコツ

例歌

〝お疲れさまです。今度お礼を〟文末に♥をつけてえいっと送信

解説

メールの文章を短歌にそのまま入れた、ユーモア溢れる短歌です。ハートマークが、ポップな主体のイメージを強めています。

Check! 1

表記を工夫する

例歌では、“ ”（ダブルクォーテーション）と♥（ハートマーク）が表記されています。マークや記号を入れるなど表記を工夫することにより、歌にさまざまな効果を与えることができます。

Check! 2

作品の世界観が効果的に伝わる

マークや記号は適切に使うと、作品がかもしだす世界観を効果的に伝えることができます。ときにはそれらを取りいれて、表現の幅を広げてみるのもよいでしょう。

主な記号とその読み方・使い方の例

記号	読み方	使い方
“ ”	ダブルクォーテーション	会話文や引用、書名を表記する際に使う。
・	ナカテン／ナカグロ	語彙を並列に並べた際に打つ。
！	感嘆符	感動の気持ちや強調、驚き、皮肉などを表すときに使う。
!?／?!	感嘆疑問符／疑問感嘆符、ダブルダレ	感嘆と疑問の意を同時に表現する。
「 」	鉤《かぎ》カッコ	会話文や引用、書名を表記する際に使う。
［ ］	角《かく》カッコ、大《だい》カッコ、ブラケット	補足説明や注記などを表記する際に使う。（ ）を小カッコ、｛ ｝を中カッコというのに対して、大カッコともいう。
（ ）	丸《まる》カッコ、小《しょう》カッコ、パーレン	語彙の読み方、注記、引用の出典など、補足をするときに使う。
｛ ｝	中《ちゅう》カッコ、波カッコ、ブレース	補足説明や注記などを表記する際に使う。
【 】	墨付きカッコ、墨付きパーレン	タイトルや見出し、語彙の強調などを表記する際に使う。

ポイント
14
倒置法を知りましょう

例歌

白き犬水に飛び入るうつくしさ鳥鳴く鳥鳴く春の川瀬に

北原白秋『桐の花』

倒置法とは、通常の語順を逆にすることをいいます。余韻を残したり、歌のリズムを整えて味わいを生みだす技法です。

つくった短歌が単調になってしまった、散文的で趣が足りないと感じたときは、倒置法を使ってみるのも一つの手です。

解説

白い犬が水に飛びこんでいく、なんと美しい姿であろうか。鳥たちが春の川の浅瀬のあちらこちらで鳴いている。穏やかな春の川辺の様子を明るく詠んでいます。このひとときに心の癒しを求めたのでしょう。

Check! 1

印象を強める

この歌は「春の川瀬に鳥鳴く鳥鳴く」と表現するところを、「鳥鳴く鳥鳴く春の川瀬に」と倒置法を使うことで、春の日差しを浴びた川のきらめきが強く残ります。

Check! 2

余韻を醸す

倒置法によって情緒的な余韻を醸していいます。

Check! 3

興味を惹きつける

例歌

金色《こんじき》の／ちひさき鳥の／かたちして／銀杏《いちょう》ちるなり／夕日の岡に

与謝野晶子『恋衣』

金色の小さな鳥が舞うように、秋の夕日が差す丘に銀杏の葉が散っていくことよ

「夕日の岡に銀杏ちるなり」を、「銀杏ちるなり夕日の岡に」と語順を逆にしています。金色の鳥の形の正体は何か？↓銀杏だ。銀杏はどこに散るのか？ ↓夕日の岡だ。というように読み進めるごとに答えが明かされてく、最後まで興味を惹きつけているつくりになっています。

ポイント
15

固有名詞を効果的に使いましょう

例歌

木の塀をぐうるり下れば鳥貴族　おおきな板には〃うぬぼれ中〃とな

解説

居酒屋でおなじみの鳥貴族の店舗といえば、木の温もりを感じる空間を連想する人も多いのではないでしょうか。〃とな〃という表現がユニークで、主体のわくわくする気持ちとフィットしています。

短歌をつくってみたけれど、自分の伝えたいことがぼやけてしまっているな、と思うことはないでしょうか。要因の一つとして、ことばが抽象的な表現になっているということが挙げられます。そのような場合、固有名詞が使えないかを考えてみましょう。

固有名詞とは、人名、地名、国名、団体名、商品名など、個々の事物を他と区別するために与えられた特有の名称のことです。

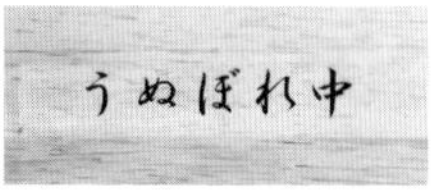

Check! ①

説得力が増す

一般名詞の場合、色や形、質感といった情報が含まれていないことが多いのですが、固有名詞にはそれらの情報が凝縮されています。試しに、例歌と、**木の塀をぐうるり下れば居酒屋がおおきな板には〝うぬぼれ中〟となを**比べてみましょう。

広く知られている固有名詞は読み手もイメージの共有がしやすく、説得力をもって伝えることができるのです。

Check! ②

凝縮して伝えることができる

例歌　**何時でも起きたらそれは朝であり破ったツムラの袋まぶしい**

起きたのは昼過ぎでしょうか。少しの後ろめたさを「朝である」と開き直っています。昨日飲んだ漢方薬のシルバーの袋に昼の太陽が当たっています。寝起きの目にはまぶしいのですね。固有名詞は、限りある音数のなかでイメージを凝縮して伝えることができます。

Check! ③

数詞も固有名詞とおなじ効果を持つ

例歌　**地上三十一階でペコリーノ・ロマーノを振りかけるシェフ**

数詞も固有名詞と同様の効果をもちます。場所や物を表現するときは、「高い、低い」「広い、狭い」「大きい、小さい」「長い、短い」「重い、軽い」などのあいまいなことばより、数詞を使ったほうがその場所や物を明確に伝えることができます。

ポイント16

オノマトペを上手に使いましょう【擬音語編】

例歌

豚玉を返せばぷぷぷおもてうらきっとどっちも幸せなんや

解説

大阪グルメの代名詞ともいえるお好み焼きと、大阪弁がマッチしている一首。多くの人にとってほっとできる時間というのは食事の時間なのではないでしょうか。心に余裕ができると視野が広くなり、いろんなものが正しく見えてきます。俯瞰してみると、大抵の物事には、どっちがいい、悪いなんてない。豚玉が発するちいさな気泡がその真理に気づかせてくれた。たった三十一音で人生というものを饒舌に語っています。

オノマトペとは、擬音語、擬態語の総称で、もとはフランス語です。擬音語とは、「トントン」「チリチリ」「パシャッ」など、実際の音を真似てあらわしたものです。（擬態語はポイント17参照）。三十一音という短い詩形のなかで、説明しがたい情感や状態を的確に深く表現できるオノマトペは、短歌にとって大切な技巧です。

Check! 1

自分の感覚を大切にしましょう

例歌では、豚玉が焼ける音を「ぷぷぷ」と表現しています。物の音や動物の鳴き声などの聞こえ方は人によってさまざまです。それは、国やその地域の人々によって表現の違いがあることでも明らかです。たとえば、ニワトリの鳴き声は日本では「コケコッコー」ですが、フランスでは「コックェリコ」、インドでは「クックローロー」です。短歌に入れる際は既存の擬音語ではなく、自分が捉えた感覚を大切にしましょう。

Check! 2

一工夫した使い方を考えましょう

例歌　葉のうえに葉陰は揺れてさわさわと蔦屋書店のカバーを外す

「揺れる」に「ざわざわ」という擬音語をつけると、平凡でつまらない表現になってしまいます。ここでは、「揺れる」からすこし遠い「さわさわ」を使いました。また、「さわさわ」は主体の心情もやわらかく連想させます。このように、一工夫した使い方を考えてみるというのも楽しいものです。

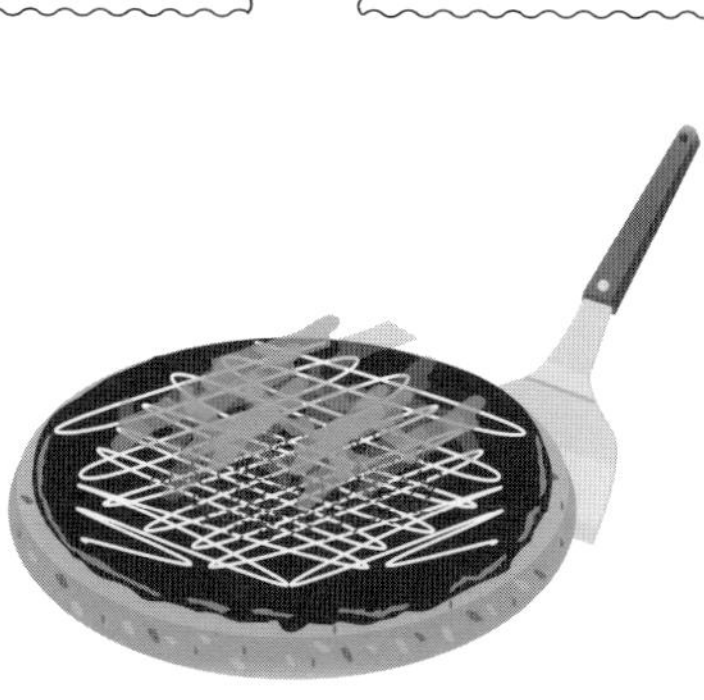

ポイント17

オノマトペを上手に使いましょう【擬態語編】

例歌

白菜の一枚目の葉を剥ぐ夜の地球にわたしぽっかりと立つ

オノマトペとは、擬音語と擬態語の総称です。擬態語とは、「さらさら」「ふわふわ」「ゆらり」など、状態や様子を表したものです（擬音語についてはポイント16をご参照ください）。

解説

白菜の葉をむいていたとき、自分の立っていた台所が、瞬間、宇宙の闇にかわった感覚に陥った。日常のささやかな行為から地球という壮大なものへ。発想の大胆な飛ばし方が魅力的です。

Check! 1

組み合わせ方を考えましょう

古くからある擬態語でも、ことばの組み合わせによって歌の新鮮さが変わってきます。例歌を、**白菜の一枚目の葉を剥ぐ夜はわたしの心がぽっかりと空く**　としたらどうでしょう。同じ「ぽっかり」でも、短歌の魅力が落ちると思いませんか？「心がぽっかりと空く」は、使い古された慣用句的な表現です。短歌に擬態語を入れる際は、組み合わせ方を考えましょう。

Check! 2

使い古された表現を避ける

例歌

ねめねめとカレーをライスに混ぜながらわたしのなかのうつわを測る

「混ぜる」に「ねとねと」という擬態語をつけると、平凡でつまらない表現になってしまいます。このように、「ねとねと混ぜる」、「にこにこ笑う」、「きらきら光る」などのありきたりな擬態語は、歌自体の新鮮さを薄れさせてしまうので注意が必要です。そのような場合、例歌の「ねめねめ」など、独自の発想でオノマトペをつくってみると作品に個性がでます。

ポイント 18

比喩を上手に使いましょう

例歌

オーソ　アンジュ　セラゼッタ小公女の名前のような白い錠剤

解説

一首全体が儚げな様子をまとっています。カタカナで書かれた印象的な耳触りの薬剤が、『小公女』の清潔感を補完しています。『小公女』を読んでいたであろう少女は女性となり、細い指をひと粒一粒に近づけながら、薬のなまえを唱えるのです。

比喩とは、あるものを説明する際に、他のものにたとえて表現することをいいます。比喩は大きくわけて直喩（明喩）と隠喩（暗喩）という二つの表現があります。

直喩は「ような」「ごとく」などを用いて示す、直接的な比喩で、歌から想起されるイメージに深い印象を与えます。隠喩は、「ような」「ごとく」などは使わず、たとえていることを明示しない比喩です。比喩を使うと、主観的なことをわかりやすく伝えることができます。

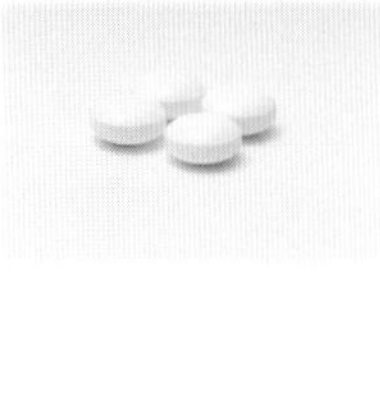

Check! 1

直喩は一工夫した比喩を考える

直喩は、それが比喩であることが示されているのでわかりやすい反面、たとえるものとたとえられるものの距離が近すぎると歌が平凡になってしまいます。たとえば、「りんごのような頬」、「鏡のような海」という表現が短歌のなかに使われていたとしたら、読み手はつまらない歌だと感じるでしょう。

例歌では、錠剤の名称が、『小公女(※)』の登場人物を連想させるということを直喩で表現しています。病であるといういまの現実が、小公女の名前をとおして繊細に浮かびあがってくるようです。このように、直喩は一工夫した比喩を考えるということが大切です。

※アメリカの作家バーネットが書いた子供のための物語のこと。

Check! 2

隠喩は感性を活かした比喩を考える

例歌

向日葵《ひまわり》は金の油を身にあびてゆらりと高し日のちひささよ

前田夕暮(注1)『生くる日に』

向日葵は太陽を浴び輝きながらゆらりと背が高い。それに比べて、うしろに見える太陽のなんと小さいことか

なにをたとえているかが明示されていない謎めいたところに魅力があります。歌にこめた想いを意味深に、余韻をもって伝えるために、感性を活かした比喩を考えましょう。

(注1):前田夕暮(まえだゆうぐれ)1883~1951(明治16~昭和26)歌人。1907年、25歳で自ら短歌結社「白日社」をおこし『向日葵《ひぐるま》』を発刊。29歳(1911年)のときに創刊した『詩歌《しいか》』を断続しながら没年まで主宰。多くの門流を輩出した。

ポイント 19

イメージがふくらむことばや表現を探しましょう

例歌

図書館でかわいくうなる鼻先にスペクタクルが映っています

この歌では、あえて英単語をカタカナ表記した「スペクタクル」(壮観なこと)という表現を用いています。この歌では、図書館という独特の空間に何万、何十万という本が書棚に並べられているという壮観な様子を、スペクタクルということばのイメージ(宇宙を取り上げた映画などでよく使われることば)に乗せて読み手に伝えています。このように、読み手のイメージがふくらむようなことばを歌のなかに入れると、歌にこめた想いのイメージが広がります。

解説

図書館で多くの本を平積みにして、調べものをしている人がいます。本と格闘するなか、ふと漏らす「う～ん」。鼻先には図書館の窓から降り注ぐひかりが映っています。その様子をこっそり見ている主体の目線。図書館という静謐な空間を活かした一首です。

Check! 1

イメージがふくらむことば選び

ことば自体がもつ印象に乗せる。たとえば、イメージ（心像、印象）、エレガント（優雅、上品）、センス（感覚）、スペシャル（特別）、ファンタジック（幻想的、空想的）、タイムリー（適時、時機）、トレーニング（訓練、教育）、ブーム（あるものごとが一時的に盛んになること）、ムード（気分、雰囲気）、ユーモア（諧謔《かいぎゃく》）、ロマンチック（空想的、情緒的で甘美なさま）など。これらのカタカナことばは、日本語で表現するより広がりや奥行きを感じさせます。

Check! 2

イメージがふくらむ表現探し

視覚・聴覚・触覚・嗅覚・味覚など、五感を活かしたことばを使うと、歌のイメージをふくらませることができます。たとえば、「多くの本が並んでいた」よりも、「さまざまな古紙の匂いに包まれた」と表現するほうが読み手の嗅覚を刺激して、その場の雰囲気を味わうことができますね。例歌の「映っています」も、「スペクタクル」をよりふくらませる、視覚を活かしたことばです。

ポイント 20

色を取りいれてみましょう

例歌

オレンジの絵をこすったら広がる香　レターセットに頬ずりをする

わたしたちの周りはさまざまな色彩であふれています。晴れの日は青い空や白い雲、雨の日は窓ガラスに透明な雨粒、行き交う人々の色とりどりの傘。春は緑の草や木が生い茂り、秋から冬に流れるころは黄や赤に染まった木の葉が目を楽しませてくれます。こうした色を歌に詠みこむことで、作品の世界をより豊かに表現することができるのです。

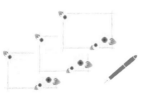

解説

この歌に登場するレターセットは、少女漫画雑誌『りぼん』で連載されていた『ママレード・ボーイ』の付録です。付録が少女にとっていかに胸をくすぐるものであるかということを、頬ずりをする、という乙女な動作で表現しています。この少女にとって、ときめきはいつもオレンジ色です。

Check! 1

鮮やかな印象を与える

右の例歌は、視覚から嗅覚、そして触覚へと読み手をいざなっています。一首からフレッシュなイメージが広がります。

主な色のイメージ

色の和名（色を省略）	英単語のカタカナ表記	一般的なイメージ
白	ホワイト	新しさ、清潔さ、純粋さ、清廉潔白など。
黄	イエロー	豊かさ、明るさ、幸福感、賑やかさ、注意　など。
緑	グリーン	自然、平和、新鮮、幼さ、若さ、未熟さ　など。
橙	オレンジ	元気、活発、フレッシュさ、暖かさ　など。
青	ブルー	知的、冷静、清潔、爽やか、悲しさ、寂しさ　など。
赤	レッド	情熱、攻撃性、積極性、怒り、注意　など。
桃または桜	ピンク	優しさ、かわいらしさ、やわらかさ　など。
紫	パープル	神秘性、高貴さ、古典的な感じ　など。
灰	グレイまたはグレー	控えめ、あいまいさ、不正、不明瞭さ　など。
黒	ブラック	高級感、強さ、威圧感、恐怖、暗闇　など。

Check! 2

気持ちを表現する

例歌

たもちがたきこころとこころ薄ら青き蝗《イナゴ》のごとく弾ねてなげくや

北原白秋（注1）『桐の花』

平静を保ってはいられない心の葛藤。ああ、悲しい身の自分はイナゴのように跳ねるのだ

「薄ら青き」という色から、悲しさに打ちひしがれる詠み手の心情が伝わってくるようです。このように、色は心情を表現するツールとしても有効です。

（注1）：北原白秋（きたはらはくしゅう）1885～1942（明治18～昭和17）詩人、歌人。明治、大正、昭和において詩、短歌、童謡、歌謡、民謡など幅広い領域で活躍した。生涯を通じた多彩で旺盛な創作活動から国民詩人として親しまれた。

ポイント21

気になったことを取りいれてみましょう

例歌

「いつもよりラクダが一頭少ない」と人差し指でネクタイを指す

解説

こんなことを指摘する女なんてふつういません。現実の世界っぽいけれど、どこか非現実的な雰囲気をまとっている一首です。それは、ネクタイの柄がラクダだということと無関係ではないと思います。たとえば、ラクダがドットだったらどうでしょう。「いつもよりドットが一つ少ない」と人差し指でネクタイを指す……この歌のユーモアを支えているのはラクダなのです。あまい世界を描きながら、こんな世界は現実にはないということを物語っている、ある意味シニカルな短歌です。

日常のなかで気にとまったことを五・七・五・七・七にいれてみましょう。何気ない日常にこそ、短歌のタネが落ちています。そのタネを拾うためには、日常を見つめる細やかな目や耳、鼻をもつこと。つまり、五感に敏感になることが大切です。あなただけの気づきを拾いあげれば、歌はその一点からどこまでも広がっていきます。

Check! ①

五感を意識して取りいれる

例歌

格子柄のマフラーを巻き手を振った友人の目が小石川光希

例歌は、巻いているマフラーの柄から、親しい友人の目が、『ママレード・ボーイ』の主人公の少女・小石川光希に見えた、という一瞬のデジャヴ感を詠っています。格子柄という視覚に訴えるアイテムを取りいれることにより、情景を鮮やかに浮かびあがらせることができます。

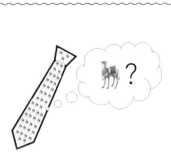

Check! ②

聞いたことをそのまま取りいれる

例歌

「ふろくのために買うの」っていう友達よ冴島翠の涙を見ろよ

この歌に出てくるふろくというのは、少女漫画雑誌『りぼん』のふろくのことです。友だちが発したことばを歌に取りいれ、現場の手ざわりを読者にそのまま手渡しています。また、「友達よ」「見ろよ」と〝よ〟で韻を踏み、歌に清新さを吹きこみました。『天使なんかじゃない』の主人公冴島翠は、90年代りぼんっ子の永遠の友だちです。

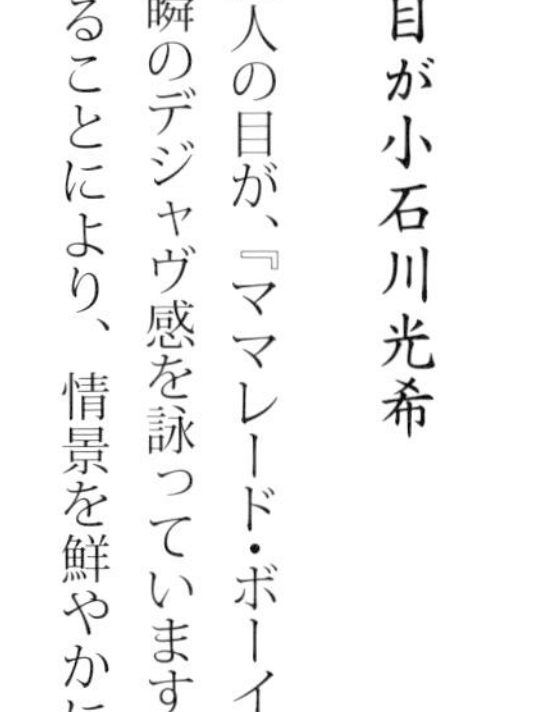

ポイント
22

有名な作品を引用してみましょう

例歌

なにも思わずただ呼吸する丸いもの
そういうものにわたしはなりたい

解説

落ちこんで帰ってきたのでしょうか。いつも見ているはずの苔玉が普段とは違ってみえてきます。宮沢賢治のことばから、自分を苔玉に投影していくのです。

有名な作品を引用して歌をつくることもできます。有名な作品の一節を引用することで歌に広がりがでて、読み手に多層的な感慨を与えることができます。

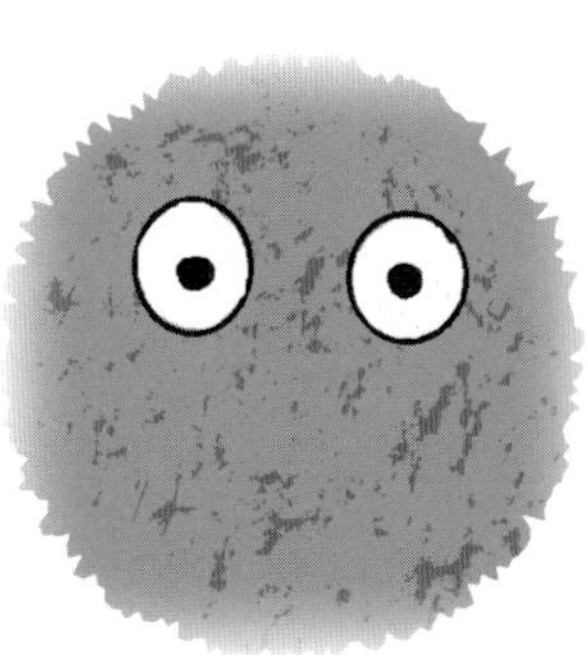

Check! 1

作品の世界観を借りる

例歌の下の句は、宮沢賢治（注1）の「雨ニモマケズ」という詩の一節を引用しています。『雨ニモマケズ』の世界観を連想させて、歌にふくらみをもたせています。

Check! 2

作者の人生観と対比する

例歌には、〝傷つきやすい自分〟という意識に囚われた存在を消し去りたいという願いが表されています。『雨ニモマケズ』の自己を脇役に置いた精神を引用することで、己と宮沢賢治の差を、一種の滑稽さをもって演出しています。

注1：宮沢賢治
1896〜1933（明治29〜昭和8）
詩人、童話作家、岩手県出身。農業研究家・農業指導者として活躍するかたわら、宗教心と科学精神に裏づけられた詩や童話を多数創作。死後、谷川徹三らにより世に出されて名声を得た。童話に『風の又三郎』、『銀河鉄道の夜』、詩に『永訣（えいけつ）の朝』、『雨ニモマケズ』など。

【引用について】
文芸作品からの引用は「　」（かぎかっこ）でくくるか、字下げをするなど引用部分を示す必要があるとされています。ただし、宮沢賢治の「そういうものにわたしはなりたい」は、今日では作品の世界を超え、多くの人の心の中に定着している名文句です。このことばを借りた表現は、誰の引用と言わなくても多くの人が宮沢賢治という作家を思い浮かべるでしょう。

ポイント
23
歌に会話を取りいれてみましょう

例歌

しょくぱん、と耳にささやく　寝息から呼吸にかわる朝のカーテン

解説

詠まれているのは何気ない朝の風景ですが、ささやくことばが「しょくぱん」というのがいい。一見脈絡がないようにみえて、「おはよう」との距離感が程よく、また、〝ぱん〟という破裂音は一日が始まる合図にふさわしい。ここが〝みそ汁〟では台無しです。「しょくぱん」の文字間の空白からは、声のトーンや、ふたりの関係性までもが想像されます。食パンというありふれたことばが、魔法のように日常を非日常に変えたのです。

会話体をいれて短歌を創作することもできます。会話体はその場の空気感を読者に手渡し、登場人物のキャラクターをダイレクトに伝えられるのです。口頭で発されたことばを歌にいれる場合、引用符（「　」（かぎかっこ））を用いる場合と、あえて省く場合があります。引用符は見た目にわかりやすく、歌に生き生きとした表情をもたせられる反面、流れに区切りをつくるため、あえて省く場合もあります。それぞれの効果を理解したうえで、その歌がまとう雰囲気や、読んだときのことばの流れを考えて決めるとよいでしょう。

Check!①

瞬間の空気をとじこめる

例歌

輪郭に沿ってまあるく触れました「ドキドキしてる?」「ドキドキしてる」

丁寧語を使った場面描写（上の句）＋会話体（下の句）で、瞬間のまばゆさを切り取った一首。また、おなじことばを反復することにより、ふたりの関係性が生動感をもって表現されています。

Check!②

距離感を伝える

例歌

開いているドアの前から「コンコン」と声で言うから思わず「どうぞ」

会話特有のテンポが活きた、ちょっぴりユーモラスな光景です。交わされている内容から、ふたりが近しい間柄であることが感じとれます。もし、「コンコン」のところが「失礼します」や「入ってよろしいでしょうか?」などであれば、全く雰囲気の異なる歌になりますね。こうした四音、三音という短い会話からでも、読み手にふたりの距離感を伝えることができるのです。

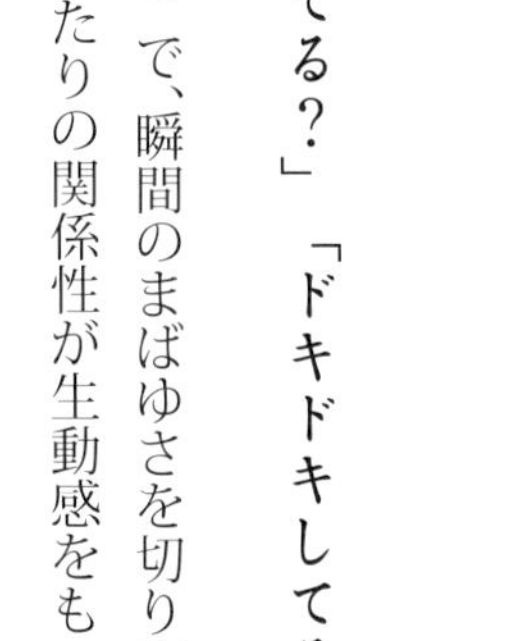

ポイント 24

歌につぶやきを詠みこみましょう

例歌

ああケーキ傾いたなと思いつつチャリごとゆっくり土手に葬る

短歌のなかにつぶやきや心の声を詠みこんでみましょう。登場人物の息遣いが感じられるひとりごとは、歌に臨場感やリアリティをだすことができます。

解説

一首のなかに、「ケーキ」というポジティブなアイテムと、その真逆のような「葬る」ということばが入っていることに驚きます。一つのことが狂うと、すべてもういいや、だめにしてしまえという自暴自棄に陥るような感覚。また、「ケーキ」ということばに似つかわしいのは、「チャリ」ではなく「自転車」でしょう。そのギャップと、「ゆっくり」というスピード感に残酷性を感じます。箱のなかのケーキが、他人からは見えない心の均衡を保つことのしんどさも表しているよう。初句の「ケーキ」から結句の「葬る」へ。幸せはいとも簡単に姿を変えてしまうものなのです。

Check! 1

個性を伝える

例歌

でもいいのきょうのところはよしよしをしてもらえるまでもっていければ

三十一音すべてを内省に使った一首。自らをなんとか納得させようとしているようにも、自分の意思の確認作業のようにも思えます。主体のキャラクターがいきいきと伝わってきますね。

Check! 2

空間を超越する

例歌

ゆるしたまへあらずばこその今のわが身うすむらさきの酒うつくしき

与謝野晶子『みだれ髪』

どうか許して下さい。今の私を消してしまいたいと思うほど、このうす紫のお酒は美しく感じられます

だれへ向かうでもないひとりごとは、空間を超越したような感覚を読み手に与えます。例歌は、登場人物が相手なしでセリフを発す、演劇の独白のようにも感じます。

ポイント 25

一字空けを効果的に使いましょう

例歌

みずしぶきプールに騒ぐ声がする切る瞬間にーリーリンーと夏が

短歌の一字空けは、さまざまな意味を表現することができます。たとえば、歌の流れに小さな区切りをつけることで、情景から心情へ、自然と流れを切り替えることができます。また、漢字が連なっている短歌では読みやすさを重視したいときに用います。そのほかにも、場面の転換や、意味を限定づけたい場合など、さまざまな表現に使える手法です。

解説

みずしぶきの音、子どもたちの声、風鈴の音。電話相手の背後から聞こえてきた夏の音。夏のワンシーンが聴覚で鮮やかに切り取られています。

Check! 1

時間を表す

定型のリズムで詠む短歌にとって、一字空けは一音の時間を表現するために有効な方法だといえましょう。例歌は、風鈴の音の小さな時間間隔を、一字空けを用いて繊細に表現しています。

Check! 2

距離を示す

例歌

祈りながら夕陽のなかに消えていくような舟です　溢れるばかり

ゆっくり消えていく舟は想い人の喩でしょうか。溢れんばかりのわたしの想いと裏腹に、君が物理的にも心理的にも遠くなっていく。ことばでは尽くせない感覚を一字空けがせつなく訴えかけてきます。

Check! 3

目線の誘導をふくませる

例歌

赤信号　こんな川にも鴨がいてときおり全身潜ったりする

右の例歌では、赤信号を見て止まってから、川のほうを見る。上から横へ視線が移る感覚。目線の誘導と、そのわずかな時間が一字あけで表現されています。

コラム2

短歌にとって大切な二つの感覚とは？

短歌を詠むときに大切な感覚が二つのあります。

それは、共感の感覚（共感性）と、意外な感覚（意外性）です。

この二つの感覚が一首のなかにはいっていると、読み手を感嘆させられる短歌になります。

具体例を挙げてみましょう。


清水へ祇園をよぎる桜月夜こよひ逢う人みなうつくしき

与謝野晶子の初期の代表作で、第一歌集『みだれ髪』に収録されています。

清水へ行こうと祇園を通りすぎると、桜が満開の月夜。今宵すれちがうそのだれもが美しく見えた、と詠っています。すれちがうだれもが美しく見えたのは、晶子自身の心が華やいでいたからでしょう。


さて、より共感性の高い短歌をつくると、たとえばこのような短歌になると思います。

清水へ祇園をよぎる桜月夜きみも一層きれいにみえる

しかし、読み手の心に響く歌はというと…言わずもがなですね。

「すれちがうだれもが美しく見えた」というのは作者だけの発見であり、この発見が既存のものの見方を更新してくれているのです。

初心者が詩歌をつくろうとするとき、その多くが「その気持ちわかる」という共感性を重要視しなければならないと思っています。しかし、自分のなかの共感の感覚をそのまま他人に手渡すことは不可能です。図を見てみましょう。


この図のように、共感性とともに、「こんな感覚初めて味わう、そんな視点で見たことは一度もなかった」という意外性があると、読み手の心に残る短歌になるのです。

順番でいうと、
え？どういうこと？と驚く（意外）→はぁ〜なるほどと感心する（共感）→素晴らしい…！と心に響く（感嘆）
短歌をつくるときは、世界をみつめる目を細やかにしましょう。

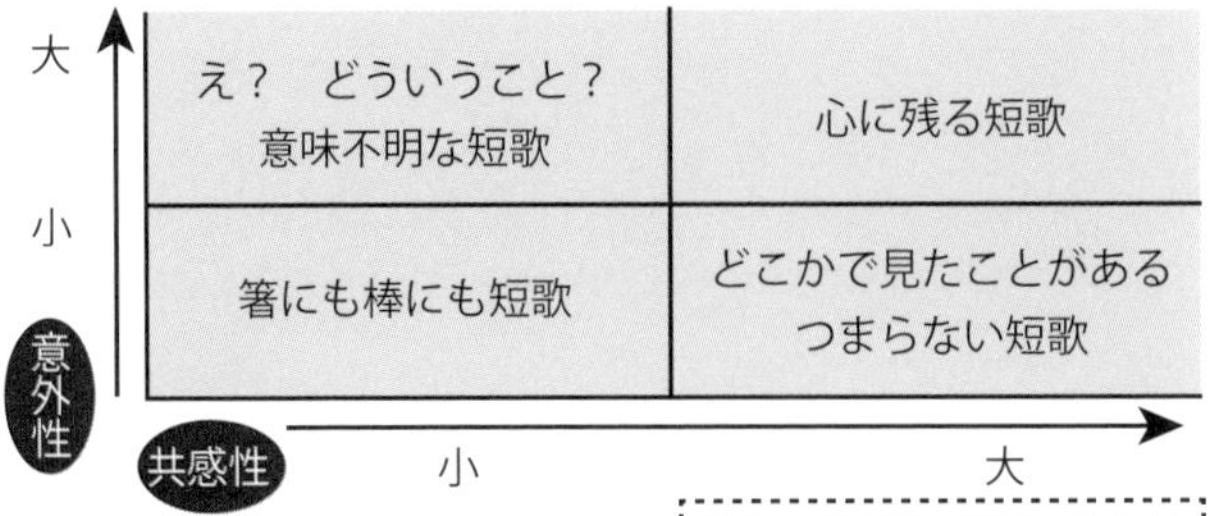

横軸：共感性　縦軸：意外性

共感の感覚だけだと、「もう知っている」と読み飛ばされてしまう。

逆に意外な感覚が強すぎると、「意味がわからない」と遠ざけられてしまう。

第3章

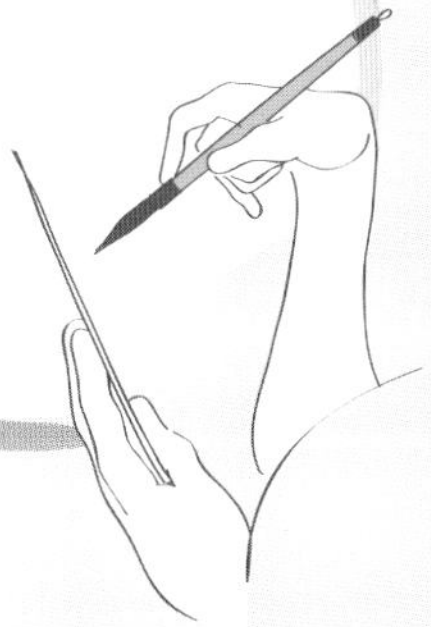

短歌の作成～推敲のテクニック

本章では、短歌をつくるときの流れや、よりよい作品にするためのポイントを解説します。

添削をとおして推敲のテクニックを身につけましょう。

ポイント 26

短歌づくりの手順

素材集め

1 テーマを探しましょう

いざ短歌を詠んでみようと思っても、なかなかいい短歌が思いつかないということがあります。そのようなときには、身近なところから題材を探してみましょう。

例として、幾つかのテーマとともに近代の代表的な歌人の短歌を紹介します。いい歌を詠み、その歌がなぜいいのかを考えることは自分の作品をつくるときの発見やヒントにもなります。楽しみながら鑑賞しましょう。

(1) テーマの例

それぞれのシーンで

人を想う気持ちから

例歌

よそながらかげだに見むと幾度か君が門《かど》をばすぎてけるかな

樋口一葉(注1)『樋口一葉和歌集』

ほんの少しでも姿が見たいと、こっそりあなたの家の門の前を行ったり来たりしたのです

解説 「相聞歌」という部立《ぶだて》があるように、古来より、恋の歌は短歌のメインテーマのひとつとして詠われてきました。この歌からは、恋する人とは家の事情で一緒にはなれない、一目でいいから遠くからでもその姿を見たいという、あまく哀しい乙女心が伝わってきます。

注1：樋口一葉（ひぐちいちよう）1872〜1896（明治5〜明治29）小説家、歌人。東京の生まれ。叙情的・写実的に庶民、特に女性の哀歓を描き、独自の境地を示した、女流文壇の第一人者。小説に『たけくらべ』や『にごりえ』、『十三夜』など。

日常の光景から

例歌 白き猫ひそけき見れば月かげのこぼるる庭にひとり戯《あざ》れぬ

北原白秋『風隠集』

白い猫を密かに見ていると、庭の地面に映った月影と戯れていた

解説 例歌は日常生活の一部を切り取っていますが、白秋独特の詩情漂う、どこか幻想的な雰囲気をもっています。このように、日常のささいなことから着想を得て、そこから歌を広げることもできるでしょう。

ちなみにこの歌は、作者が四〇歳前後のころの作品です。再婚を果たして気持ちが安定したこともあり、折々の自然や日常生活をあたたかいまなざしで詠んでいます。

仕事に関することから

例歌

りんてん機、今こそ響け。
うれしくも、
東京版に、雪のふりいづ。

土岐善磨（注1）『黄昏に』

輪転機よ、今こそ響け、雪が降り始めた東京の空の下、いままさに東京版が印刷されているところだ

解説 職場や仕事への感慨を歌として詠むこともできるでしょう。
例歌は、作者が新聞記者時代のものです。原稿を書き上げた安堵感と充足感に浸りながら、新聞が刷り上がるまでの待ち遠しい時間を詠っています。輪転機の轟音《ごうおん》と雪が静かに降る様子が対照的に描かれています。

注1：土岐善磨（ときぜんまろ）1885～1980（明治18～昭和55）歌人、国文学者。東京生まれ。東京府立第一中学校（現在の東京都立日比谷高等学校）在学中より学友会雑誌に文章、短歌、俳句を投稿。ローマ字綴りの一首三行書きの歌集『NAKIWARAI』を刊行。歌集『黄昏に』、『佇みて』、『街上不平』はいずれも三行書き。

例歌

小走りに山下《くだ》りくる生徒らの夕日うけし顔みなつつがなし

筏井嘉一『荒栲』

夕方、帰りの集合時間に間に合わせようと小走りに山を下ってくる生徒は皆無事な様子だ

解説 生徒を遠足に連れて行った帰りでしょうか。「夕日うけし顔」という表現が、情景を鮮やかな詩に昇華しています。例歌は、作者が音楽の教諭をしていたときの一首です。教師としての責任感と安堵感が歌に滲んでいます。

旅先で

例歌 ワレライマヤコクキヤウニアリ、むらさきの花じゃがいもの盛りに打電す

北原白秋『海阪』

「我ら今や国境にいる」と紫の花を咲かしているジャガイモの盛りの時期に電報を打つ

解説 旅に行った先で旅情を詠うのもいいものです。例歌のように旅でしか味わえない体験を詠むこともできるでしょう。この歌は、作者が四〇歳（一九二五年）のとき、八月～九月にかけて樺太・北海道を旅したときの歌です。美しい景色を目の前にした作者の高揚感が、「ワレライマヤコクキヤウニアリ」からダイレクトに伝わってきます。

五感や自己の心理的な状態

歌のテーマは、自身に感じる心さえあれば、五感（視覚、聴覚、嗅覚、味覚、皮膚感覚）からもさまざまな切り口を見いだすことができます。

視覚的なことが含まれた歌

例歌　幼きは幼きどちのものがたり葡萄《ぶどう》のかげに月かたぶきぬ

佐佐木信綱『思草《おもいぐさ》』

幼い者たちは幼い者同士で夢中に語り合っている。語り合うその葡萄棚にもいつしか月が影をかたむけるころとなった

解説　視覚的なことが歌のテーマになることは多いのですが、対象の行動や様子を切り口にするか、状態を切り口にするかなど、おなじ対象でもさまざまな切り取りかたができます。

例歌からは、作者が子どもたちが語り合う姿を優しい眼差しで見つめている様子がうかがえます。また、「月かたぶきぬ」という月の状態を描写することで、時間の経過が美しく表現されています。

聴覚的なことが含まれた歌

例歌　かにかくに祇園はこひし寝るときも枕のしたを水のながるる

吉井勇（注1）『酒《さか》ほがひ』

とにもかくにも祇園は恋しいところだ。へべれけで眠るときも枕の下をせせらぎの音が流れて、情緒こまやかなところなのだ

解説　聞こえてくる音に心が動かされたのなら、そのことを歌に詠みこんでみましょう。あなたが感じる音の感覚を、オノマトペ（ポイント16・17参照）を用いて表現するのもいいでしょう。

例歌は、石川啄木らと編集を担当した「スバル」にて他の祇園を詠んだ歌とともに発表されました。よほど祇園が気に入っていたようで、後年には京都に移り住み祇園に通ったといわれています。

注1：吉井勇（よしいいさむ）1886～1960（明治19～昭和35）歌人、作家。東京生まれ。二十歳で与謝野鉄幹が主宰する新詩社に入り、雑誌「明星」に相聞歌などを発表。「スバル」創刊後は同人として活躍。また、市井の寄席芸人の世界を描いた戯曲を発表。歌集に『酒ほがひ』、『祇園歌集』、『人間経』、戯曲『午後三時』など。

嗅覚的なことが含まれた歌

例歌

一匙《ひとさじ》のココアのにほひなつかしく訪《おとな》ふ身とは知らしたまはじ

北原白秋『桐の花』

以前ご馳走になった一杯のココアのにおいを懐かしんであなたをお訪ねしたわが身とは、まさかにご存じではないでしょう

解説　においからもさまざまな短歌が生まれます。花のにおいに季節を感じたり、夕食のにおいに家族の団らんを思い出したり…同じにおいでも、その感じ方によってさまざまなテーマが見いだせるでしょう。

例歌は、作者が二〇代につくった最初の歌集『桐の花』に収められた一首です。嗅覚は五感のなかで最も記憶に直結している感覚だといわれます。忘れられないあまいにおいが、白秋にこの歌を詠ませたのです。

味覚的なことが含まれた歌

例歌

名残とはかくのごときか塩からき魚の眼玉をねぶり居りける
斎藤茂吉『白き山』

「名残」というのはこのようなものか。塩辛い魚の目玉をしゃぶるのとおなじことなのだ

解説 味覚に関することも歌のなかに詠みこめば、味わいを深める一助になるでしょう。

例歌は、作者が故郷の山形県の金瓶《かなかめ》に疎開して終戦を迎えた翌年、最上川畔の大石田町へと移ったときに詠んだ、六五歳のときの歌です。戦争によって疎開を余儀なくされた過去の自分。魚の目玉の塩辛さという味覚から、自身のつらい過去をしみじみとねぶるのです。

注1：斎藤茂吉（さいとうもきち）1882〜1953（明治1〜昭和28）歌人、精神科医。伊藤左千夫の門下であり、大正から昭和前期にかけての『アララギ』の中心的な人物。第一歌集『赤光《しゃっこう》』は強烈な人間感情を表現した青春の詩として広く読まれたが、第二歌集『あらたま』では生の哀傷を静かにうたう歌風に転じ、「実相観入」の写生説を唱えた。ほかの歌集に『寒雲』、『白き山』、『ともしび』、評論に『柿本人麿』など。

皮膚感覚的なことが含まれた歌

例歌

みづうみの氷は解けてなほ寒し三日月の影波にうつろふ
島木赤彦（注1）『太虚集』

諏訪湖の氷は解けていっそう寒い。三日月の姿が波にゆらめいている

解説 寒い、暑い、やわらかい、かたい、痛い、かゆいなどは、五感のなかの皮膚感覚に含まれます。皮膚感覚を歌に詠みこむとその場の手ざわりをだすことができます。

例歌は、作者の故郷にあり、自身が愛してやまない諏訪湖の様子を詠んでいます。作者は、自然と一体化する究極の境地を歌に投影し、独自の作風をつくりあげました。

注1：島木赤彦（しまきあかひこ）1876〜1926（明治9〜昭和1）歌人。長野県上諏訪町に生まれる。長野師範学校卒業後、小学校教員となり、校長を歴任。師範学校時代から短歌、新体詩において積極的に創作活動を行い、1903（明治36）1月『比牟呂《ひむろ》』を創刊、のち『アララギ』と合併。1915年2月号より『アララギ』の編集発行人となり、同誌の中心的指導者としてその発展に尽くした。歌集に『馬鈴薯の花』（中村憲吉との合著）、『切火《きりび》』、『氷魚』、『太虚集』など。

自身の心の状態が詠まれた歌

例歌

海底《うなぞこ》に眼のなき魚《うを》の棲むといふ眼の無き魚《うを》の恋しかりけり

若山牧水『路上』

光の届かない深海には眼の退化した魚が棲むという。何も見えない世界を泳ぐ魚を憧れてやまない

解説 自分の胸のうちを三十一音に託してみるのも一興です。心が感じるまま勢いに乗せて詠むのもよいですが、心の状態を客観的にみつめる目線というのも大切です。

例歌は、過去に別れた恋人の面影をいつまでも引きずる作者の心情が表現されています。

ポイント 27

短歌づくりとよりよくするためのポイント

ことば集め～試作から推敲まで

1 すぐにメモを取りましょう

心にとまった表現や、思いついたことばがあれば、その場ですぐメモを取りましょう。あとでまとめようと思っても、ことばというのは急にその姿をくらませるものです。

大切な人が風邪で寝こんだ日にみかんゼリーをお見舞いに持って行ったとしましょう。しばらくして、財布の中身を整理するとみかんゼリーを買ったレシートが出てきました。ふと、「いまの気持ちを短歌にしたいな」と思ったら、すぐにメモです。

コンビニ、みかんゼリー、レシート、○月△日、午後○時○分、○円（税込）、思ったより元気そう、ベットには座れてた、熱は37・6℃、など。

2 歌の中心（根っこの想い）を決めましょう

歌にこめる根っこの想いを決めましょう。

今回は、「財布を整理してでてきたレシートから、彼が風邪を引いたときのことを思い出す」としました。

中心が決まると、ことばが決まります。「みかんゼリー」「レシート」「風邪」です。

これらのことばを五・七・五・七・七にいれてみましょう。

試作1

お見舞いに／みかんゼリーを／コンビニで／レシートが語る／風邪をひいた日

少し散文的だなと感じますね。また、一般的なことばしか使われておらず、独自性がありません。

3 独自の視点で見つめましょう

歌の中心が決まったら、それがどのような状態にあるのか、あるいは、どのような意味があるのかなど、自分ならではの視点をもって見つめてみましょう。

レシートに着目すると、10センチ弱の長さであることに気がつきました。

そうしてできた短歌がこちらです。

試作2

風邪の日に／みかんゼリーの／お見舞いを／もらったレシート／10センチ弱

4 推敲しましょう

よい作品にするためには推敲が欠かせません。つくっただけで満足せず、あと一歩の努力をしましょう。

推敲とは、文章を自ら吟味して、より洗練された表現へ練りなおすことをいいます。

具体的には、①間違った文法を正す、②効果的な語順に変更する、③より適切で効果的なことばを考える、④文脈を整理する、などです。

試作2を推敲してみましょう。

試作2は、結句の「10センチ弱」が浮いているように感じます。〝レシート〟に焦点が当たりすぎており、一番最初に決めた、「彼が風邪を引いたときのことを思い出す」という根っこの想いが薄れているようにも感じます。

そこで、ことばを並び替えてみました。

完成

10センチ／弱のレシートに／記された／みかんゼリーは／風邪の日でしたね

初句から二句にかけての句またがり、二句と結句は八音の字余りにして、ゆるゆるとした調子をだしました。読者が想像で補ってくれるであろう「お見舞い」を省きました。結句を「風邪の日でしたね」という語りかけにして、余韻をだしています。

このように、まずは思いついたことばをメモし、並べたことばから中心となる想いを決め、独自の視点をもった短歌をつくってみましょう。推敲するなかで、これは！という歌のキモが見えてくると、つくるのが楽しくなってきますよ。

ポイント 28

テーマが与えられているときは

短歌づくりとよりよくするためのポイント

たとえば「夜」という題が出されたとしましょう。過去、夜どんなことを感じたかなぁと振り返ってみます。

ポイント①

すぐに五・七・五・七・七を完璧につくらなくても構いません。思い出したことを白紙にどんどん書いていきます。このとき、五だけ、七だけ、と句ごとにことばを探すより、四・七・六・七・五など、字足らずや字余りになっても構いませんので、ことばの連なりで書いていく方がよいでしょう。

まず、夜で思い出したのがTUTAYAです。学生のころ、夜に自転車を走らせてDVDやCDを借りに行っていました。

ポイント②

このように自分だけの経験を描く方が結局はひとりひとりの心に届く短歌になる、ということです。もちろん、「この表現は読者に伝わるか?」を常に意識することは大切です。しかし、誰にでも当てはまるような当たり障りのないことを詠むと、薄っぺらい短歌になり、結局は誰の心にも響かないのです。そしてできた短歌がこちらです。

いつもより星の少ない冬の夜ちっちゃいTUTAYAで借りるSF

自転車を漕ぎながら見上げた寒空には星がほとんど見えなかった。それは、自分の心が暗闇のなかにあったからかもしれません。

ポイント③

面白く詠むためには、嘘（フィクション）でもＯＫです。実際に借りたＤＶＤがコメディ映画でもアクション映画でも、〝星の少ない冬の夜〟と響き合うのはどのジャンルの映画か？　を一番に考えます。この短歌では、借りたＤＶＤはＳＦと言っていますが、私はＳＦはほぼ見ません。根っこの想いが真実なら、選ぶことばは技術と捉えるのもひとつだと考えます。

お題から過去を振り返り、こういう場面で、こういう気持ちで…というように、思いの根っこをしっかり固めてから三十一文字を立ち上げます。

読者を意識しよう

短歌をつくるときに、大切なのは、自分だけが見る日記を書いているのではなく、読者が存在する作品を詠んでいるという意識です。読者には、短歌を読む時間付き合ってもらうのですから、その分の時間を還元できるよう、読み手の心に響く歌をつくれるようになっていきましょう。

ポイント 29

短歌づくりとよりよくするためのポイント

ことばの整えかたのコツを知りましょう

【添削例】

原作

❶もう一回! 読んでとせがまれ六回目 ❷飽きた言葉を ❸初めて話す

解説

娘に読み聞かせをするが、同じ絵本を何度も繰り返し読むように言ってくる。もう一字一句覚えたし、読むのも飽きてきたよという六回目、絵本に載っていたことばを娘が初めて話したことが嬉しくて、そのときの様子を詠いました。

娘さんの様子と、お母さんの喜びが手ざわりをもって描かれています。この歌に必要なことは、読み手に伝わるようにことばを整えることです。読者が頭のなかで映像化できるように詠むことも大切です。

なお、傍線の❶～❸は、原作を推敲するうえでのチェックポイントです。その解説はCheck! ①～③をご覧ください。

Check! 1
削る箇所を見極める

下の句に絵本を読んでいることをにおわせることばを入れれば、読者は〝読んで〟がなくても〝もう一回〟を指すものが絵本なのだろうと想像してくれます。説明過多なことばは削りましょう。また、娘さんの幼いイメージをだすために〝一回〟をひらがなに変えました。

Check! 2
象徴的なことばを入れる

どのような絵本を読んでいるのか、その絵本を象徴するようなことばがさり気なく伝わるといいですよね。今回は、絵本のなかにでてくるタイトルを娘さんの発話としていれてみました。

Check! 3
主語を明確に

下の句にでてくる「飽きた」「話す」の主語がだれなのかが少しわかりづらいです。読者が混乱しないようにことばを整理し、主語を明確にしましょう。

添削例

❶「もういっかい!」❸せがまれつづけて六回目 ❷「あかるきんちゃ」とはじめて発す

ポイント 30

短歌づくりとよりよくするためのポイント

体言止めを効果的に使いましょう

【添削例】

原作

❶「はい、どーぞ」店員さんになりきる君 ❷湯から上がらず ❸顔赤くする

解説

お風呂の中で「はい、どーぞ」と店員さんになりきる娘が、なかなかお風呂から上がってくれないため、上気して顔が赤くなっている様子を詠いました。

店員さんの真似ごとをする幼い娘さんが手をコップの形にして、お風呂の湯を飲みものに見立てて差しだす姿が微笑ましいですね。

この歌のポイントは、五・七・五・七・七のリズムに乗せて、娘さんの様子をいかに説得力をもって表現できるかにあります。

Check! 1

場面に説得力をだす

だれに話しかけているのかを読者に自然に伝えるために、娘さんがいつも作者を呼ぶときのことば（「ママ」）を入れましょう。場面の説得力が増します。

Check! 2

前後のことばを整える

少し説明的な感じを受けるので、ここは削除しましょう。説明がなくて読者に伝わるように前後のことばを整えましょう。

Check! 3

余韻を残す体言止め

原作では、結句が動詞で終わっています。余韻を残すために、結句を体言止めにしてみました。体言止めとは、名詞や代名詞などで結句をおさめる方法のことです。

添削例

湯をすくい「ママ、これどーぞ」❶店員さんになりきる君の真っ赤なほっぺ❸

ポイント 31

月並みな表現に注意しましょう

【添削例】

原作

君の名のあとに続くは❶親指で打つも届かぬ❷おもい❸「会いたい」

作者のせつない思いが三十一音から伝わってきます。〝ケータイ〟や〝メール〟などの直接的なワードを使わずに表現できているところが素晴らしい。

この歌のポイントは、共感性と意外性（※）をいかにして作品のなかに盛りこむかにあります。原作には共感の感覚はあるのですが、驚異の感覚が少し薄いようです。

※共感性…現状の価値観を補強して強化してくれる感覚
「そうそう、わかる。わたしの考えは間違いじゃなかった」
意外性…現状の価値観を破壊して更新してくれる感覚
「こんな表現があるんだ、初めて見るよ！」

解説

愛する人の名前を携帯メールの宛名に打つと、名前の後に必ず打ってしまう「会いたい」の文字。その思いが届かないつらさに心が重く沈んでいく。本当には今すぐあなたのもとへ飛んでいきたい、という恋心を詠いました。

表現上の工夫として、〝おもい〟を「ひらがな」にして〝思い〟と〝重い〟を掛詞《かけことば》にして二つの意味を持たせています。

Check! 1

月並みな表現に注意する

事実を説明しているだけの平凡な表現になっています。次のチェック2、チェック3に注意してことばを直してみましょう。

Check! 2

“重い”を具体的に表現する

「届かぬおもい」の“おもい”は、“思い”と“重い”の二つの意味を含んでいるということですが、原作を読んだだけでは読者は“思い”しか連想できません。そこで、“重い”を具体的な動作に変換してみましょう。一例として、打っては消すという行為を繰り返すことで“重い”を表してみました。

Check! 3

意外性をだす

「会いたい」を「会いたいです」と丁寧語に改め、片想いの印象を強めました。結句の「翼となりぬ」で「今すぐあなたのもとへ飛んでいきたい」という作者の思いを具現化し、意外性をだしました。

添削例

打って消し打って消しては❷**透明な「会いたいです」が翼となりぬ**❸

ポイント 32

短歌づくりとよりよくするためのポイント

動詞は二つ以上続けないようにしましょう

【添削例】

原作

茅屋《ぼうおく》の言の葉乱る虎落笛《もがりぶえ》　恋路辿りて秘して奏でよ

❶ ❷

解説

わたしのみすぼらしい家に冬の激しい風が当たり、「ひゅーひゅー」という虎落笛が聞こえる。虎落笛よ、恋路をたどるようにそっと奏でなさい。自分の家に強い風が当たって鳴っている音に感じて詠みました

冬の強い風が家に吹きつけて音を鳴らしている。作者はその風の様子を詩的に捉え、語り掛けています。上の句の「虎落笛」と、下の句の「奏でよ」の、遠くで響き合っている繊細さが魅力です。また、結句を「奏でよ」という命令形で締めたところも歌の持つ雰囲気とマッチしています。

この歌のポイントは、対象の明確化と、動詞を連続させないことです。

添削例

茅屋に言の葉乱るる虎落笛よ❶ 恋路辿りてそっと奏でよ❷

Check! ❶

対象を明確にする

下の句の恋路辿りて秘して奏でよが、〝虎落笛に呼び掛けている〟ということが曖昧で、誰に対しての命令なのかわかりづらい点がもったいないと感じました。「茅屋の」の、助詞「の」を「に」に替え、虎落笛に「よ」をつけて、呼び掛ける対象を明確にしましょう。

Check! ❷

動詞は二つ以上続けない

「辿りて」「秘して」「奏でよ」と、動詞が三つ連続しています。動詞を三つ以上続けて使うと、「朝起きて着替えて出かけて……」と、小学生の作文のように幼稚な印象になってしまいます。技巧的に使う場合は別として、通常、「動詞は二つ以上続けない」また、「動詞は一首のなかに三つまで」と覚えておきましょう。

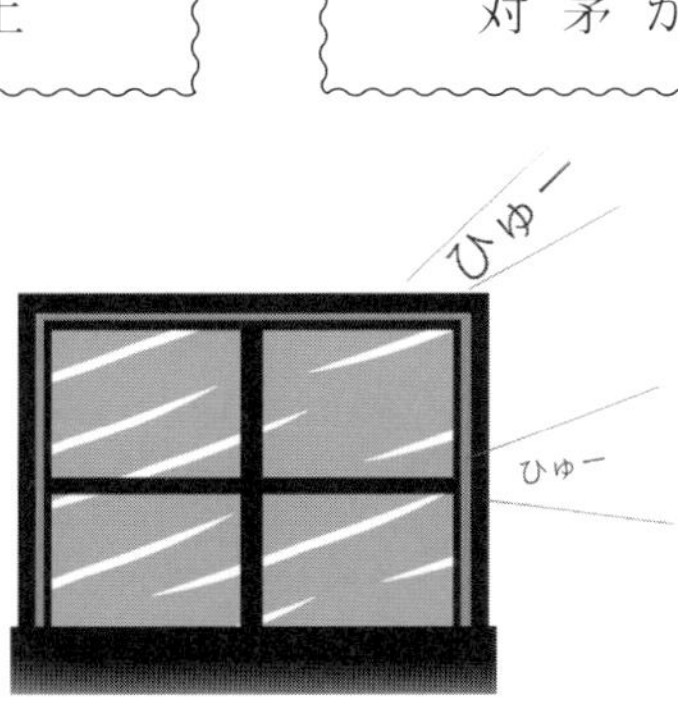

ポイント 33

短歌づくりとよりよくするためのポイント

上の句と下の句をいれ替えてみましょう

【添削例】

原作

③アスファルトを打つ雨粒を肌で①弾き男女二人は②はしゃぎ駆け行く

解説

にわか雨が降ったとき、高校生くらいの男女が駆けて行くのを見て、肌は雨を弾くのだろうな、このころは雨すら楽しいのだろうなと思い詠みました。

雨の日のワンシーンを第三者の目線から見つめた歌です。三十一音のなかに、ちょうどいい分量のストーリーを盛りこめています。もったいないのは、単調な印象を受けること。

この歌のポイントは、読者を惹きつける魅力的な展開づくりと、読者が頭のなかで映像化できるようにつくることです。

添削例

③制服のふたりが②手をとり駆けてゆく　①雨粒は肌で弾けるだろう

Check! ①
距離感がわかる表現に

解説を読むと、肌が雨を弾いているのを直接見たわけではないようですので、「肌で弾き」という表現にやや違和感を覚えます。読者が、作者と男女の間にある距離感を想像できる表現にしましょう。

Check! ②
事実の説明を真実の描写に

（ポイント1参照）

「はしゃぐ」ということばは事実の説明です。解説から、ふたりの親密性が窺えるので、ここは「手をとり」という描写にかえましょう。描写することで、ふたりがどのような関係かという真実が伝わります。また、高校生なら制服？　それともTシャツ？　など、歌の印象にマッチする服装を具体的に描写して、読者が場面を映像として思い浮かべられるようにしましょう。

Check! ③
上の句と下の句をいれ替える

歌が単調だな、なにか物足りないなと感じたら、語順をいれ替えてみましょう。語順をいれ替えるだけで、場面を魅力的に展開できる場合があります。この歌の場合、上の句と下の句をいれ替えて上の句で情景を提示し、下の句で心情を描いて歌にふくらみをもたせてみました。

ポイント 34

短歌づくりとよりよくするためのポイント

〝雰囲気イケメン短歌〟から脱皮しましょう

【添削例】

原作

❶飲み込んだ言葉の数を調べても❷昨日の嘘は見つけられずに

解説

深い関係にある男女の破局寸前の様子です。相手の放つことばの一つひとつに嘘が隠されていないか、もはや疑心暗鬼な心情を詠みました。

五・七・五・七・七のリズムにことばが馴染んでおり、初句から結句まで詰まる箇所なく読み下すことができる歌です。しかし、実はそこが落とし穴。定型で詠むことに慣れてきた方にしばしば見られる傾向として、かっこいい気がすることばを連ねただけの〝雰囲気イケメン短歌〟をつくってしまうということがあります。定型のリズムが身についてきた楽しい時期こそ、しっかり作品と向き合いましょう。

Check! 1

具体的な情景をいれる

景《けい》をもたないことばは読者が映像を思い浮かべられないので、すぐに忘れさられてしまいます。このような場合、具体的な情景を描きましょう。歌がぐっと引き締まります。

Check! 2

心情を滲ませる

「昨日の嘘」というのは、一見格好よく思えるかもしれませんが、雰囲気だけで書かれた中身のないことばです。チェック1で描いた、「空き缶」と響き合うことばはなにかを考えながら、主体の心情をしっかり見つめ、その心情を滲ませることばを探しましょう。

添削例

❶転がった空き缶の数を調べても❷吐かれた嘘は見つけられずに

ポイント 35

短歌づくりとよりよくするためのポイント

外見だけではなく中身でつなげましょう

【添削例】

原作

連れ添って各駅停車でコトコトと定年あとはグリコのおまけ

①②③

解説

定年の後の人生はおまけのようなもの。ささやかでいい、小さな夢をもって残りの人生を妻と穏やかに過ごしたい、という想いを歌にこめました。

定年後の人生が、〝グリコのおまけ〟というユーモアのある比喩で表現されています。また、「連れ添って」の相手を明確なことばにせず、伴侶のことなのだな、ということを読み手に伝えることに成功しています。「コトコト」と、「グリコのおまけ」も響き合っています。さらによい短歌になるよう工夫してみましょう。

添削例

連れ添って各駅停車でコトコトと③グリコのおまけをゆっくり開ける

Check! 1

事実の説明を真実の描写に

助詞をいれると「定年のあとは」です。「の」は一番使われる頻度が高い助詞です。なめらかにことばを繋げてくれるので、逆にあるはずの「の」がないと舌足らずな印象を与えてしまいます。ここは、字余りになっても「の」をいれたほうがよいでしょう。

Check! 2

距離感がわかる表現に

「定年のあと」は「グリコのおまけ」で暗示されているので、思い切ってカットしましょう。

Check! 3

喩えるものと喩えられるものを中身でつなげる

「グリコのおまけ」だと意味だけで繋がる比喩になってしまうので、「定年のあと」を削って空いた文字数で「各駅停車」というワードと繊細に繋がることばを考えてみましょう。喩えるものと喩えられるものとが、外見だけではなく、色や音、手触りなど中身でつながっていると、一首の存在感が増します。

ポイント 36

短歌づくりとよりよくするためのポイント

不要なことばを見極めましょう

【添削例】

原作

❶別人になっていないか❷握る手を両手で包み❸温度を測る

解説

久しぶりに会った友人。年老いて人格まで変わってしまっていないかと不安に思う気持ちを詠みました。

友人のことを心配していることを〝不安〟や〝心配〟などの直接的なことばに頼らず、動作でうまく表現しています。チェックに挙げたポイントを直し、作品の質をさらに高めましょう。

Check! ①

あえての字余りと空白で切実さを伝える

このままでも十分伝わるのですが、さらに質を高めるために、「別人になってはいまいか」と、あえて堅い表現にして主体の人格を滲ませ、「は」をいれ字余りすることで切実さを微量足しました。また、変わってしまった友人の姿に一瞬固まってしまった、呆然とした状態を一字空けで表現しました。

Check! ②

不要なことばを見極める

日本語としてやや不格好な印象を受けます。また、「握る手を」がなくても「両手で包み」だけで友人の手を包んでいることがわかります。短歌は三十一音しかありません。不要なことばを見極めて、一首を洗練させましょう。また、不安になったのは相手の姿が変わってしまっていたからですね。空いた字数で友人の姿を描写しましょう。

Check! ③

過剰な説明に注意する

主人公の心情は、「両手で包む」で十分に伝わっています。「温度を測る」は説明過多ですね。このような場合、結句は周りの風景をさらっと描く程度にとどめておきましょう。

添削例

❶別人になってはいまいか　❷ふしくれた両手を包む❸春雨が降る

ポイント
37

短歌づくりとよりよくするためのポイント

場面を映像化して伝えましょう

【添削例】

原作

❶ 日曜六時　テレビの前に集まってー

❷ 湯気を立てるも　ひとりでご飯

解説

実家では家族で『ちびまる子ちゃん』を見ていましたが、結婚後、その時間帯に夫がいないことが多く、一人でまるちゃんを見ながら夕食をとっているという寂しさを詠んだ歌です。

日常の見逃してしまいそうなささいな出来事に気を留め、ささやかな心の変化を繊細にすくいあげています。また、感情をあらわす形容詞に頼らずに寂しさを表現しようという努力がうかがえます。よりよい作品にするための表現を探してみましょう。

Check! 1

具体的な情景をいれる

「日曜六時　テレビの前に集まってー」だけで、アニメ番組の『ちびまる子ちゃん（まるちゃん）』だということが読者に伝わるか？　ということです。自身の短歌を客観的な視点で見られるようになりましょう。今回は、「まるちゃん」とキャラクター名をいれ、番組を見たことがない人にもわかりやすくしてみました。

Check! 2

心情を滲ませる

下の句の「湯気を立てるもひとりでご飯」が説明的です。ひとりの孤独感を映像として伝えましょう。案として、「パックのごはん」をいれてみました。場面を映像化することで、「ひとりでご飯を食べるのだな」ということが自然に伝わる短歌になったのではないでしょうか。

添削例

❶まるちゃんの「テレビの前に集まってー」を聞きつつ❷チンするパックのごはん

ポイント38

短歌づくりとよりよくするためのポイント

強調するところと抑制するところを見極めましょう

【添削例】

原作

「仏様の座した形」と①躊躇なく②母の欠片を探る③忌み箸

解説

火葬場という生死が交差する少し特別な空間で必ずある「水戸黄門の印籠のような」場面です。参加する私にとっては特別な儀式でも、職員にとっては毎日やっている普通の仕事なのだろう。そのズレをなんだか不思議に思って詠んでみました。

親族と職員の気持ちの差を、火葬場というシーンを用いて表現しているところがいいですね。読み手に、「この短歌は職員がルーティンワークのようにこなしている」という皮肉を伝えるために、強調するところと抑制するところを明確にしましょう。

Check! 1
説明的な表現に注意しましょう
「躊躇なく」ということばが歌全体を説明的にしているようです。「躊躇なく」というのは誰が読んでもおなじ、事実の説明（ポイント1参照）です。まずはこのことばを消しましょう。

Check! 2
不自然さをなくしましょう
「母の欠片を探る忌み箸」は擬人法のように読めてしまいそうです。職員を主体にして不自然さをなくしましょう。

Check! 3
インパクトのあることばは一つに絞る
「忌み箸」というアイテムがなくても、「仏様の座した形」だけで読み手には火葬場の場面だということが伝わるのではないでしょうか。少々過剰に感じます。インパクトのあることばが二つある場合は一つに絞りましょう。空いた字数で、「米粒のごと」と直喩を使い、職員に対する皮肉を強調してみました。

添削例
「仏様の座した形です」職員は②米粒のごと③母を扱う

ポイント 39

短歌づくりとよりよくするためのポイント

感情の表現方法を考えましょう

【添削例】

原作

七夕に生まれし童子今は亡く齢数えつ母は老いゆく

解説

何年もの歳月が経っているけれども、我が子を亡くしたという事実に心が癒えることは決してない、という悲しい気持ちを詠みました。

我が子を亡くした母親としての悲しみが三十一音にぎゅっとこめられています。「老いゆく」という、時間経過がわかることばで訴えたのが正解です。「悲しい」という感情は一様ではないため、ダイレクトに事実を書くのではなく、読み手一人ひとりの心に訴えかけるよう、「悲しい」の表現方法を変えてみましょう。

Check! 1

適切なことばを選ぶ

童子ということばは子どもという意味のほか、貴人の身の回りの世話をする召し使いの少年という意味もあるので、ここは、わが子、自分の子という意味の強い吾子に変えてみました。

Check! 2

句切れをいれる

悲しみを強調するため、不在の子に呼びかける「よ」をいれてみました。「よ」をいれたことで、主体の切々とした悲しみがより深く伝わってきます。また、句切れをいれたことにより、一首のリズムに緩急がでました。

Check! 3

空間を使い表現する

「今は亡く」ということばが事実の説明（ポイント1参照）になっています。「線香のかおりのなかで」と空間を描写してみました。想像するための余白が生まれ、歌に広がりができます。また、「母は老いゆく」だと、自分が母なのか、自分の母なのかがわかりづらいです。ここは、「我は老いゆく」としましょう。

添削例

七夕に生まれし吾子よ❶ ❷ 線香のかおりのなかで❸ 我は老いゆく

ポイント 40

短歌づくりとよりよくするためのポイント

結句の蛇足に注意しましょう

【添削例】

原作

①孫去りて散らかる②おもちゃ暫くはそのままにして③余韻楽しむ

解説

幼い孫たちは、私の家に遊びにくるとワイワイ、キャーキャーと、必ずおもちゃを散らかしたまま帰ります。その可愛らしさに、散らかったおもちゃを見ると、むしろ楽しくなってくるという気持ちを詠んでみました。

祖母という立場で、その感情を丁寧にすくい取っています。「おもちゃが散らかっている」というのはふつう嫌なものですが、作者はその状態を楽しんでいる。これは祖母という立場だからこそ感じた作者のリアルな感情です。この短歌は、結句を変えるだけで作品が一段上がります。

Check! 1

想像力をかきたてる隠喩

ここは、「孫」という具体的なことばではなく、読み手の想像力をかきたてるために「賑やかな声たち」と隠喩で表現してみました。また、場面の切り替えを強調するため、第二句に句切れを入れました。

Check! 2

形の見えるアイテムを入れる

「おもちゃ」のままでもいいのですが、ここは「絵本」と「積み木」という、ものの形が映像として浮かぶアイテムに変えてみました。

Check! 3

結句の蛇足に注意

結句の「余韻楽しむ」ですが、〝散らかるおもちゃをそのままにしておく〟という時点で作者が余韻を楽しんでいることは言わずもがな。蛇足なので削りましょう。短歌は余白をつくる文学。その余白をああかな、こうかなと考えるのが読者の楽しみでもあるのです。

添削例

❶賑やかな声たちが去るしばらくは❷絵本も積み木も❸散らかしておく

ポイント 41

短歌づくりとよりよくするためのポイント

三十一音の外側の世界を想像させましょう

【添削例】

原作

❶どの朝もぎゅっと抱きしめ❷娘に言う❸あなたのことが大好きだよと

解説

毎朝、保育所へ娘を送るとき、どれだけ急いでいても「今日もいい日でありますように。○○、大好き」と繰り返し言っているので、そのことを詠んでみました。

初心者がしてしまいがちなことの一つに、出来事をそのまま伝えようとして説明的なことばを使ってしまうということが挙げられます。説明的なことばを使うと、三十一音で三十一文字分の想いしか述べられていない、趣のない短歌になりがちです。こちらのチェックを押さえ、三十一音の外側の世界を自由に想像させる、一〇〇文字分、それ以上の想いを三十一音に込められる短歌を目指しましょう。

Check! 1

字数合わせはNGです

「どの朝も」は、五文字に入れるためにつくった字数合わせのことばのように感じます。ここは具体的に「保育所」と書きましょう。また、解説にあった、「どれだけ急いでいても」を、「向かう春風」と動きで表現してみました。

Check! 2

隠喩で表現する

「娘に言う」は散文的です。一案として、「娘」を「ちいさなからだ」と隠喩にして、読み手に想像をゆだねられるような表現しました。

Check! 3

不要なことばを見極める

「あなた」「だよと」は不要なことばです。短歌は三十一音しかありません。読み手が補完してくれるであろうことばは思い切って省き、歌を洗練させせましょう。

添削例

保育所へ向かう春風❶「大好き」とちいさなからだ❷を二度抱きしめる

ポイント 42

オノマトペをいれて臨場感をだしましょう

短歌づくりとよりよくするためのポイント

【添削例】

原作

①リズム取り合わせて合わぬ②太鼓の音お囃子いれて③練習続く

解説

地元の青年団のお祭りの練習で、みんながバラバラで合わない様子を詠ってみました。そのうちみんなの息がピッタリ合って、よい演奏ができたらいいなという願いを込めて。

みんなで一所懸命練習している様子がいきいきと伝わってくる素敵な歌ですね。「地元の青年団のお祭らしさ」がでています。この歌のポイントは、具体的なオノマトペ（擬音語（ポイント16参照））をいれて、練習の様子により臨場感をだすことです。

添削例

❶ドンドドン合わせて合わぬ❷大太鼓お囃子いれて❸明日へと続く

Check!❶

オノマトペをいれて臨場感を演出

「合わせて合わぬ」で「リズムを取っている」ことがわかります。意味のうえで表現が重なった場合、表現の優れているほうを残し、もう一つはカットしましょう。削った「リズム取り」のかわりに、オノマトペ、ここでは太鼓の音をいれてみましょう。臨場感がでます。

Check!❷

名称を具体的にして歌を鮮やかに

「太鼓の音」と、〝音〟まで言わなくても、「合わせて合わぬ」で音を合わせているのだなということはわかると思います。ここは、読み手の映像化の手助けとなるよう、太鼓をより具体的な名称にしてみてはいかがでしょうか。たとえば、〝大太鼓〟と、〝大〟をつけるだけで歌の鮮やかさが増します。

Check!❸

印象を深くすることばを選ぶ

結句の「練習続く」は少しストレートすぎるかなと思います。一例として、「明日へと続く」としてみました。今日は合わなくても明日、明後日と、次第にみんなの息が合っていく。〝よい演奏ができたらいいなという願いを込めて〟という作者の願いが印象深く表現できたのではないでしょうか。

ポイント
43

「ドーナツ」の形をイメージしましょう

短歌づくりとよりよくするためのポイント

【添削例】

原作

少しでもストレス和らぎますように想いを束ねてガーベラ贈る
❶ ❷ ❸

解説

「医療従事者の方に短歌を贈る」というお題で、伝えたいのはやはり「感謝」という二文字に尽きると思いました。そして、短歌に綺麗な花を添えたら、少しでも気持ちが軽く明るくなってもらえるのではないかと考え「感謝」が花言葉の花を調べるうち、ガーベラはその色によって花言葉が違うことを知りました。「感謝」を花言葉に持つピンクのガーベラを短歌に添えるイメージで詠んだ歌です。

優しい想いがそのまま花束になったようなお歌ですね。「和らぎますように」と願いの形にしたことで、医療従事者の方に対する想いがストレートに伝わってきます。この歌のポイントは、「贈る」という中心となることばを欠落させて、感謝の気持ちをより強く訴えることです。

添削例

③少しでもストレス和らぎますように①きゅっと結んだ②ピンクのガーベラ

Check! 1

行為が気持ちを代弁する

どこかで見たことがあるような典型的な表現を使ってしまうと上辺の想いしかすくえず、作者の顔がみえてきません。〝きゅっと結ぶ〟ということばに変えてみました。具体的な行為が、〝想いを束ねる〟という気持ちを代弁してくれます。そうして、一人の人物の輪郭がみえてくるのです。

Check! 2

一歩踏み踏みこんだことばを選ぶ

ガーベラを、解説にあった〝ピンク〟をいれてピンクのガーベラとしました。一歩踏みこんだことばにすることで、花言葉を知らなくてもその色になにか大切な意味があるのだろうという、作者と読者のあいだに対話が生まれます。

Check! 3

ドーナツにする

ドーナツの形を思い浮かべてください。一番大切な中心をあえて書かずにその回りを詠うことにで、より鮮明にそのくり抜かれた中心部分が読者の脳裏に描かれます。この短歌も、「贈る」を削ることで、逆に「贈る」ということばが、読み手の心に強く訴えかけてきます。

ポイント 44

一首のバランスを考えましょう

【添削例】

原作

中3の期末試験の教室でボタンを拾う中原中也

解説

中学三年生の期末試験の期間中に落ちていたボタンを拾ったことをふと思い出しました。そうしたら、好きな中原中也の詩「月夜の浜辺」の一節を思い出し、この短歌のような情景が浮かんだので詠んでみました。

著名な作家やその作品は、固有の世界観をもっています。その世界観を短歌に取りこむことで、伝えたいイメージを深く響かせることができます。

原作は、中原中也の詩の世界観を取りこみ、読み手を学校の教室から別空間へいざなっています。もう一工夫して、さらに読者を中也の詩の世界に引きこみましょう。

Check! 1

一首のバランスを考える

一首における「場面」と「中原中也」のバランスを考えてみます。「中3の期末試験の教室で」と、三句目まで場面の説明に文字数を使うと、歌全体が間延びした印象になってしまいます。場面の説明は二句目（五・七の十二音）までに留め、この短歌の主役である中也に残り（五・七・七の十九音）の文字数を裂くことで、歌に広がりができます。

Check! 2

場所を表す助詞の「で」と「に」

場所を表す助詞の「で」と「に」ですが、「で」は活動や動作が行われる場所を、「に」は持続行為の行われる場所をそれぞれ表します。今回の場合、教室という場所にいる状態が続いているので、「に」がより適当といえましょう。また、「に」のほうが説明臭さが抜け、落ち着いたイメージになります。

Check! 3

作品がまとう空気感を伝える

ボタンというアイテムだけでなく、詩をまとう空気感が伝わることばをいれて、「月夜の浜辺」のことを詠んだのだな、ということを今より微量強くほのめかしてみてはいかがでしょう。今回は「ひんやり」ということばをいれてみました。

添削例

中三の冬の教室にひんやりとボタンを拾う中原中也

ポイント 45

序詞は想いを引き立たせるために使いましょう

短歌づくりとよりよくするためのポイント

【添削例】

原作

❶ほの暗く水底見えぬ人造湖❷隠した心は❸バルブを閉じる

解説

ほの暗く水底見えぬ人造湖はまるで君が隠した羞恥心のようだ。隠した心はバルブを閉じる。まるで外から見られるのを嫌うように……。「ほの暗く水底見えぬ人造湖」が、「隠した心はバルブを閉じる」の序詞になっています。

序詞《じょことば》とは、特定のことばを導きだすために用いられる、情緒的な色彩を添えたり、句調を整えたりする修辞法の一つです。

原作は、序詞を使い比喩でつなげようとしていますが、ぼんやりしたイメージだけで書かれており、想いをうまく引き立たせられていない印象です。序詞を理解して、想いの根っことしっかり会話をした短歌をつくりましょう。

Check! ①

序詞を活かした世界を描く

特定の語句（ここでは隠した心）を引きだすための序詞ですが、バルブを閉じる、ということばが結句にあるがために、序詞としての機能を失っています。序詞の後ろには序詞とは異なる世界を置きましょう。そうすることで序詞も活きてきます。

Check! ②

意外性と共感性を与える

「水底の見えない湖が、隠した心のようだ」というのは、比喩としてつきすぎているように感じます。たとえば、りんごといえば赤い頬、月といえば鏡なども、連想がつきすぎたありきたりな比喩です。比喩を使うときは意外性と共感性（コラム２参照）を同時に与えることが重要です。ここでは、主語を「君」と明示して、「隠した心」を「羞恥の色」に変えました。

Check! ③

比喩は一首に一回

〝バルブを閉じる〟が〝心を隠す〟の隠喩になっており、序詞を含めると比喩が一首に二回でてきます。比喩が二つあると意味がわかりづらくなります。比喩は一首に一回と覚えておきましょう。

添削例

❶ほの暗く底の映らぬ人造湖きみは❷羞恥の色を隠して

ポイント 46

結句を工夫しましょう

短歌づくりとよりよくするためのポイント

【添削例】

原作

❶春の日にちいさい花を咲かせるの❷母が語った❸野蒜《のびる》の話

解説

母はクラッシックバレエの先生をしていて天真爛漫でかわいいものが好きな人。春先には、その辺に生えているなんでもない野草のどくだみの花（小さいかわいい花）なんかを取ってきてよく一輪挿しにしていました。母の口からでた野蒜という野草がなにか母の象徴のような気がして詠んでみました。

お母様の語りを短歌にいれたことで、その個性がいきいきと伝わってきます。お母様に対する深い愛情から生まれた一首だと感じました。この短歌は、結句をかえると輝きが増します。短歌における結句は、五句の中でも最も重要だと言われています。それは、初句から四句までがどれだけ平凡でも、結句がその全てを覆す力をもっているからです。

Check! 1

引用符を用いて手ざわり感をだす

引用符をつけてお母様のことばだということをわかりやすくしました。引用符を用いると立体感がでて、その場の雰囲気がよりリアルに浮かびあがってきます。

Check! 2

文語にして情感をだす

「語った」の口語を「語りし」と文語に変えてみました。文語にすることで、読んだときに感じる響きが深く、豊かになったのではないでしょうか。

Check! 3

結句を動作で締めくくる

原作は、娘が母のことを語っているという事実だけで一首がつくられているので単調さがいなめません。一つ、動作を加えてみてはいかがでしょうか。たとえば、結句の「野蒜の話」を「野蒜を生ける」と動詞の現在形で締めてみました。三文字変わるだけで、歌がいきいきしてきます。

添削例

❶「春の日にちいさい花を咲かせるの」❷母の語りし❸野蒜を生ける

コラム３

短歌はフィクション？　ノンフィクション？

「この短歌は、ご自身の体験を書かれたのですか？」短歌をつくったことのある人なら一度は受けたことのある質問だと思います。わたしもよく聞かれます。

小説は作者がつくりあげた虚構の物語、エッセイは作者自身の実話だと受け取られることが多いですね。短歌は、自分のことを詠っているようで、自分そのものではない、自分自身の話なのか、知らないだれかの物語なのか、そもそも物語ではない、とも言い切れない…その、虚構と実話の境界の曖昧さ加減が味わい深いのです。

ストレートに叫ぶと批判されてしまうような本音も、短歌なら自由に発することができます。もう、（王さまの耳はロバの耳！！）って壺にこっそり叫ばなくていい。本音を、五・七・五・七・七に乗せるだけで“作品”だと思ってもらえる。しかも、わたしも、ぼくも同じこと思ってたよ！　って言ってもらえたりする。ツイッターでつぶやかれつづけている星の数ほどの短歌は、自分のなかのだれかが発した本音と言えるでしょう。

この変革の時代、自身の本音だけでなく、相手の本音を知り、互いに深くつながることのできる短歌はますます重要なツールになってきていると感じます。

「自由になっていいんだよ、本音を吐き出してみなよ」あなたのなかのだれがつぶやいたなら、ほうら。それがもう短歌のタネなんですよ。


現代は、下記のようにいまも揺れる多様性の時代である

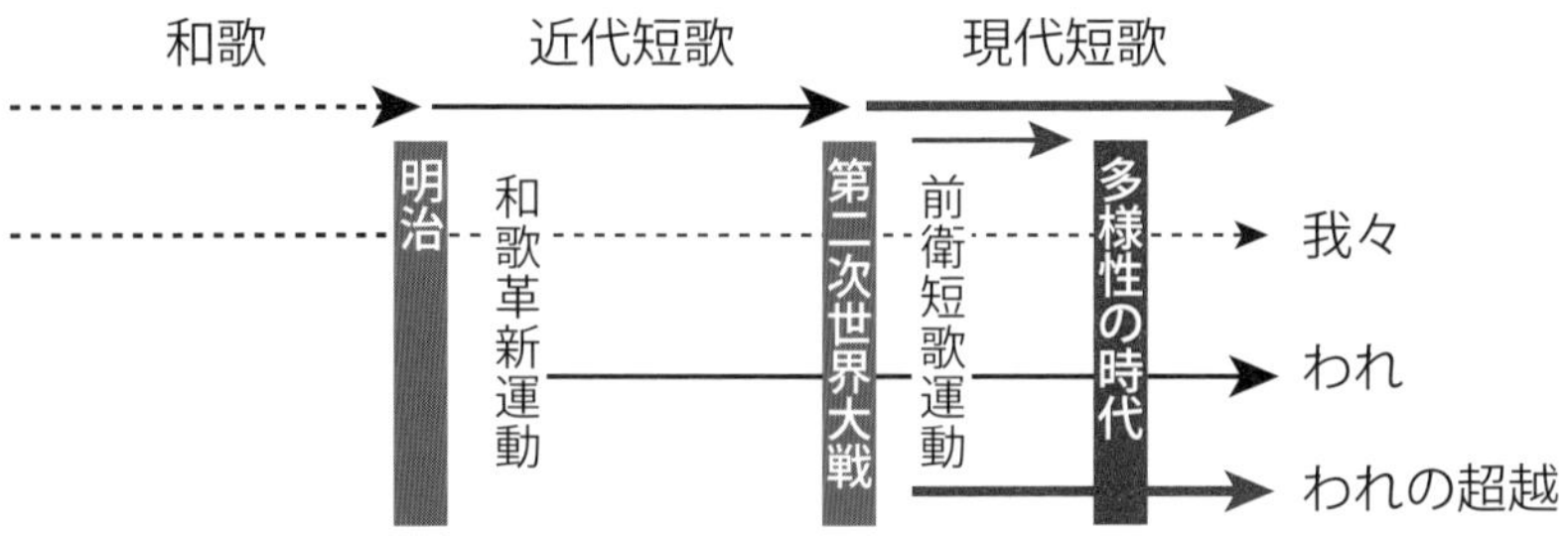

およそ千年もの間続く和歌は、詠む人はひとりであっても、そこで語られる主体は〈我々〉（＝皆の共通感覚）で、繰り広げられるのは美しい嘘・フィクションの世界です。近代にはいり、それに批判を強めて和歌革新運動が起きました。そこから明治以降の近代短歌の時代にはいります。近代短歌の特徴は、短歌の主体が〈我々〉から〈われ〉（＝作者独自の感覚）に代わったことです。しかしその後、〈われ〉を詠うことがいつしか個人的な愚痴や日常雑記のような内容になってしまい、それに異論を唱えて展開されたのが「前衛短歌運動」でした。そこで誕生した前衛短歌は、〈われ〉＝作者という従来の前提を超越した作風を生み出しました。（ポイント２参照）

第4章

短歌が楽しくなる習慣づくり

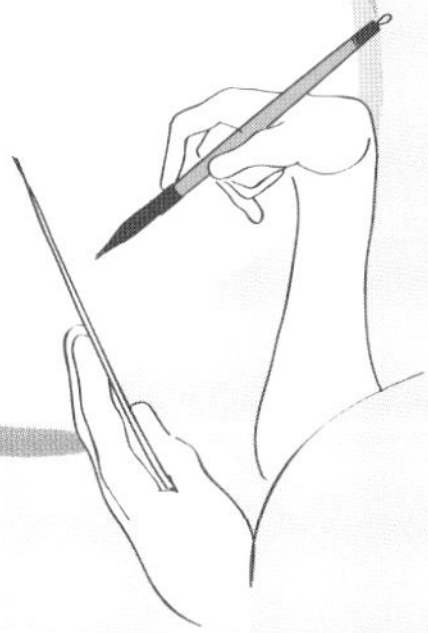

本章では、短歌をつくるための機会や場所、習慣づくりをご紹介します。
生活のなかに短歌を取りいれて、目に映る世界をいまより少し豊かにしましょう。

ポイント 47

吟行にでかけましょう

例歌

一台も通らない道の信号をまもる今日です　よこは黄帽子

解説

語順がおもしろいですね。初句から、「一台も」と、なにか言いたげな雰囲気をにおわせて四句目までで状況を伝え、結句で答えを提示している。「今日です」という丁寧語にうきうきした気持ちが表れています。幼稚園児を〝黄帽子〟と表現することで、詠み手の目線より低い位置にかわいい黄色の頭が浮かんできます。

吟行というのは、公園や美術館など、特定の場所に赴いて短歌をつくることをいいます。

部屋のなかで歌集や作歌のヒントになる本を読みながら短歌をつくるのもいいものですが、たまには歩きながら短歌をつくるのもいいものです。家の外に出ると、道ゆく人や自転車、コンビニやスーパー、公園、学校、飲食店などさまざまなものに出会います。それらすべてが刺激となり、長時間机に向かっていてもでてこない発想が、歩くことで、風に吹かれることで、ぽっと浮かんできます。いつもと異なる景色のなかで短歌のタネを探すというのは、作歌のいいトレーニングになります。自分の目が見て、耳が聞いて、肌が感じたことを素直にすくいとりましょう。何よりも、自分の心が動く、〝気になる〟という感覚を大切にしてください。

Check! 1

忘れずに持って行くもの

吟行の必需品となるのが、バッグやポケットなどに入れられる小さめのノートやメモ帳、そして筆記具です。もちろん、携帯電話のメモ機能を使うのもありです。また、気になったものの詳細を記録するためにスマートフォンやカメラなどを持って行くのもよいでしょう。

Check! 2

その場で完成しなくてもいい

その場で五・七・五・七・七を完璧につくらなくても構いません。たとえば、吟行のときに浮かんだ五・七・五をメモしておきます。そのかけらが頭の片隅にあると、後日、ふとした瞬間に七・七が浮かんでくるということもよくあるものです。

Check! 3

グループ吟行のすすめ

グループで吟行をした場合、同じ日に同じコースを歩いても同じ歌というのは絶対生まれません。それは、一人ひとり心が動いた瞬間や景色が違うからです。同じ場所に集まった人たちと、自分が感じたことを短歌で分かち合うことができるのもグループ吟行のいいところです。

ポイント 48

歌会に参加しましょう

歌会《うたかい》とは、互いに詠んだ短歌を発表し批評し合う会のことです。特定の場所に集まる場合もあれば、ネット歌会やＷＥＢ歌会という、オンライン形式の歌会もあります。

歌会に参加する利点としては、

①いろんな人から批評してもらうことで上達のスピードがあがる

②さまざまな意見を聞くことにより短歌に対する洞察を深め、短歌の本質を掴む力を養うことができる

③短歌だけに向き合う時間を過ごすことができる

④志を同じくする人たちとの輪が広がる

などがあります。

歌会の主催

歌会を主催している個人・団体には、主に四つの形態があります。

①全国的な歌人の協会や互助団体の歌会

②結社の歌会

③歌人が個人で行っている歌会

④大学短歌会

歌会のルール

歌会は事前に短歌（詠草《えいそう》）の提出が求められます。
詠草の種類には「自由詠」、「題詠」、「テーマ詠」があります。
・自由詠…作者自身がテーマや素材を選んで詠む歌のこと
・題詠…設定された題を作品に入れて詠む歌のこと
・テーマ詠…設定された題や素材から詠む歌のこと。内容が題に沿っていれば、題を作品に入れなくても構わない

歌会に参加する際のマナー

参加する際は、事務局、あるいは窓口となっている人に事前に連絡をして参加したい旨を伝えましょう。

その際、下記のことをあらかじめ確認しておくといいでしょう。
・「自由詠」「題詠」「テーマ詠」のいずれか？
・題詠やテーマ詠であれば、題はなにか？
・短歌にその題を入れる必要はあるか？

ポイント
49

短歌日記を書きましょう

小学生のころ、夏休みの宿題で絵日記を書いた人も多いと思います。短歌日記は、絵日記のようなものです。毎日一首、日付や天候とともに、その日感じたことや見た景色などを短歌で描いてみましょう。

短歌日記は、〝短歌をつくることを習慣にする〟という点に意義があります。日々の暮らしのなかで感じた何気ない瞬間を短歌にすることが、上達への遠いようでいちばんの近道なのです。

短歌日記のいいところを整理します。

①五・七・五・七・七の定型があるので続けやすい　②長く残すことができる　③世界の見え方が変わる

①五・七・五・七・七の定型があるので続けやすい

ふつうの日記だと、文字数が決まっていないのでだらだら長い文章になりがちです。次第に大変な作業だと感じるようになり、長続きしないのです。決まった型があることが予めわかっていると取りかかる気持ちが楽なので、必然的に長く続けやすいのです。

②長く残すことができる

瞬間、「あっ！　この気持ち残したいな」と思うことがあっても、日々の雑多な出来事が記憶を上書きしていきます。短歌は短いのでその瞬間の感情をすくうのに適しています。また、主観的な感情を客観の網にくぐらせる役割も担ってくれます。一見小さく思えるその器は、長い年月を生き抜く力をもっています。日々のささやかな出来事を短歌で記録しましょう。

③世界の見え方が変わる

短歌を詠むことを意識しながら過ごすようになると、「これも短歌のタネになる！　これも…」と、平凡な日常が新鮮な世界に変わります。短歌のタネはあなたが暮らす日常のそこかしこに落ちています。俳句とちがって季語も必要ありません。必要なのは、自分の心が発見を求めるきっかけです。この本をきっかけにして、さぁ、あなたも今日から気軽に短歌日記を始めてみましょう。

ポイント50

短歌を投稿してみましょう

これはちょっといい短歌ができたのではないかと思ったときは、腕試しとして投稿してみましょう。新聞、テレビ、雑誌、全国的な歌人の協会や互助団体、結社の歌会など、投稿先はたくさんあります。

新聞や雑誌などは一首からはがきやメールで投稿できます。投稿すること自体がいい刺激になりますし、選ばれると、さらによい歌をつくろうという作歌の原動力になります。たとえ選ばれなかったとしても、よいとされる歌を見極める目が養われ、作品の成長スピードが変わってきますよ。

【主な短歌投稿先一覧】

※投稿先の詳細は各機関に直接お問い合わせやネット等でお調べください。

新聞／媒体名	受付窓口	投稿先・送付先 URL ほか
朝日新聞	朝日歌壇	〒104-8661 晴海郵便局私書箱 300「朝日歌壇」。 無地のはがき 1 枚に 1 作品、作品の横に住所、氏名、電話番号を明記。
毎日新聞	毎日歌壇	https://mainichi.jp/kadan-haidan/
読売新聞	読売歌壇	〒103-8601 日本橋郵便局留「読売歌壇、○○先生（希望選者名）係」 以下のフォームでネットからの投稿も可。 https://form.qooker.jp/Q/ja/utahai/toukou/
日本経済新聞	日経歌壇	〒100-8658 日本郵便銀座支店私書箱 113 号、日本経済新聞文化部「歌壇」係。メールでも可。 アドレス： shiika@nex.nikkei.co.jp
東京新聞	東京歌壇	https://www.tokyo-np.co.jp/f/kadan
産経新聞	産経歌壇	https://www.sankei.jp/inquiry/posting
雑誌		
ダ・ヴィンチ（月刊）	短歌ください係	https://bit.ly/3kHyKW5（短縮 URL で表示）
全国的な歌人の団体		
日本歌人クラブ	全日本短歌大会	https://www.nihonkajinclub.com/
	全日本短歌学生・ジュニア短歌大会	

（出典：各 HP より、2021 年 4 月末現在）

<制作スタッフ>

■編集・制作プロデュース / 有限会社イー・プランニング　須賀柾晶
■本文デザイン・DTP/ 小山弘子

<短歌の原作提供者>（五十音順、敬称略）

大塚由佳　大橋謙次　岡野優子　小野薫　折目文恵　阪口須美子　龍田憲兒
出口隆一　利岡由隆　丹羽紗矢香　花岡一夫　舟岡孝子　堀内厚子　前多柚美

基礎からわかる　はじめての短歌　上達のポイント

2021 年 5 月 25 日　　第 1 版・第 1 刷発行
2023 年 8 月 5 日　　第 1 版・第 5 刷発行

監修者　高田　ほのか（たかだ　ほのか）
発行者　株式会社メイツユニバーサルコンテンツ
　　　　代表者　大羽　孝志
　　　　〒 102-0093 東京都千代田区平河町一丁目 1-8
印　刷　三松堂株式会社

◎『メイツ出版』は当社の商標です。

ご意見・ご感想はホームページから承っております。
ウェブサイト　https://www.mates-publishing.co.jp/

企画担当：清岡香奈